CAOMU BENXIN

草木本心

谭电波 著

漓江出版社
·桂林·

图书在版编目（CIP）数据

草木本心 / 谭电波著. -- 桂林：漓江出版社，
2025.1
ISBN 978-7-5407-9703-4

Ⅰ. ①草… Ⅱ. ①谭… Ⅲ. ①诗集－中国－当代
Ⅳ. ①I227

中国国家版本馆 CIP 数据核字（2024）第 024135 号

草木本心
CAOMU BENXIN

作　　者　谭电波

出 版 人　刘迪才
出版统筹　文龙玉
责任编辑　宗珊珊
助理编辑　唐子涵
特邀编辑　张立云
装帧设计　云上雅集
责任监印　黄菲菲

出版发行　漓江出版社有限公司
社　　址　广西桂林市南环路 22 号
邮　　编　541002
发行电话　010-85891290　0773-2582200
邮购热线　0773-2582200
网　　址　www.lijiangbooks.com
微信公众号　lijiangpress

印　　制　长沙市精宏印务有限公司
开　　本　880 mm × 1230 mm　1/16
印　　张　30
字　　数　300 千字
版　　次　2025 年 1 月第 1 版
印　　次　2025 年 1 月第 1 次印刷
书　　号　ISBN 978-7-5407-9703-4
定　　价　168.00 元

谭电波

1966 年 9 月出生于湖南新宁，从事中医药科研、临床 30 多年，现供职于湖南省中医药研究院。熟读中医四大经典，精通中医基本理论。

在大健康产品研发上经验丰富，先后开发新药、医疗制剂、功能性食品、食品及相应课题 200 余个（项），主攻糖尿病、肿瘤、脱发等疾病的临床研究及养生学。出版《中西医结合毛发学》《中西医临床营养学》等专著 6 部，获取省级奖 2 项。

医药工作之余，爱好写作，试图从文学角度诠释生命，著有诗集《数落时光》《一勺粗盐》、散文集《萤火捕慧》。中国诗歌学会会员、湖南省作家协会会员、湖南省诗歌学会会员、长沙市作家协会理事。

一本中药人写的中药诗集

承神农文化
传本草精华
续中药神话

序言

◎葛金文

“药圃无凡草，松窗有秘方”，中医药是我国传统文化的瑰宝，具有悠久的历史，可以追溯到公元前几千年的原始社会。《太平寰宇记》云：钟离县杏山，吴时董奉居于此，为人治病，惟令种杏五株，数年，杏至万株。从此，人们用“杏林”称颂医家的高尚品德和精良医术。医家也以“杏林中人”自居，受人敬仰和尊敬。

为让广大人民逐渐认识到中医药文化的魅力，拓宽渠道，创新形式传播中医药文化，在湖南省中医药管理局大力支持下，湖南省中医药研究院会同湖南省湘江新区宣传工作部、长沙市文联等相关单位积极筹划，组织我院中医药学者谭电波撰写中药诗歌，以漫岩艺术馆艺术家为主体，由10多位油画艺术家组成创作团队，耗时半年，精心创作画作。2023年9月27日，漫岩艺术馆“杏林香草”油画展隆重启幕，上百幅中药材主题的油画一同亮相，带领大家见证中药材之美。这些画作风格独特，色彩斑斓，将中药材与油画艺术生动结合，呈现出别样的艺术效果。艺术家们以独特的视角和技艺，将中药材的形态、颜色和质地表现得淋漓尽致。在不少画作中，除了直观地展现中药材的形貌，谭电波结合与中药材相关的典故创作的诗歌，更是让观众在饱眼福的同时，领略优秀传统中医药文化。这次画展将艺术与传统文化巧妙融合，带给了观众不一样的体验。

诗中有画，画中有诗，自古以来便是中华文化的重要象征。本次诗画本草，铺开了极具中医药文化美感的“诗画长卷”，我们不仅能领略诗词之美，而且能感受画作的超高水准。

中医药文化如同万古江河，奔流不息。诗笔与画笔，共同记录着其历程，传承着精神血脉，共同描绘了中医药文化之美。

踏上这次浪漫的诗画艺术之旅，我们将领略万里江山的壮美，自然雅趣的秀美，大医精诚的至美，率真洒脱的俊美，匠心独运的精美，色彩缤纷的华美，还有健康生活的丰美，在对美的发现求索中，追寻生命的大美。

谭电波这本诗集和漫岩艺术馆这场画展的创意源于对传统文化的热爱和对创新的追求。中医药文化历史悠久，博大精深，将其融入文学艺术创作中不仅丰富了文学艺术的内涵，也使中医药文化得以传承和发扬。本书的出版充分展现了中药材形态、价值的独特美学和治愈力量，不仅为诗歌爱好者提供了一次欣赏精美画作的机会，也让更多的人了解和体验到了中草药的神奇之处。

中药之美美天下。言之不尽，重在意会，更在品味。幽幽草药香，源远情绵长，说起中药，必定是苦，其实，苦的背后还有众美。如好风景“洗”眼，好空气“洗”肺，好草药“洗”心。中药之美，美在诗意。细数那些浪漫的中药药名，仿佛是在吟诵流传千古的典籍黄卷，让人不忍心称之为“药”。中药之美，美在价格。中药物美价廉，亲民惠民，有些随手可取，隐于三餐，男女老幼皆宜。中药之美，美在功效。一万多种中药材，根据用药基本理论、配伍法度、服药方法，皆有功用，可达到防病治病、强身健体、延年益寿之效。中药之美，美在包容。“杂合以治”，蕴藏了中医药文化源远流长、根基深厚的包容精神。

长沙是中医药发展史上绕不开的地方，据说东汉时期的“医圣”张仲景为长沙太守时，完成了影响至今的中医巨著《伤寒杂病论》。新冠肺炎疫情防控期间，中医药大显身手，2022年3月《世界卫生组织中医药救治新冠肺炎专家评估会报告》给予了中药治疗充分的肯定。在全球范围内，中医药的魅力与价值越来越受到认可。

在湖南这片土地上，孕育了无数天材地宝。湖南省中医药研究院是我省唯一一家中医药科研机构，历史悠久，秉承“诚意、求索、惟新、玄同”理念，科研实力雄厚。我院承担了全国第四次中药资源普查的任务，耗时10年，业已查明湖南省共有中草药品种数4667种，全国蕴藏量第二。本地药材有湘玉竹、湘莲子、吴茱萸、湘黄精等35种。湖南也是我国7个中医药综合改革示范区之一，8个中药材种植基地省份之一。湖南中药材具有特色的地域故事情节，是不可多得、值得深挖的优秀题材。

此次，漫岩艺术馆举办的“杏林香草”油画展和谭电波的中药诗集出版是一次中医药文化推广的有益尝试，为今后的中医药文化推广提供了启迪，充分突显了我省的资源优势，有助于构建中医药千亿产业链。我们一定要充分发挥我省的人文优势，提升中医药文化的软实力；积极创新，开拓渠道，讲好中医药故事，讲好中国故事湖南篇章；树立“从娃娃抓起”理念，推动中医药进校园，进社区，进乡村，进家庭；推动中医药与广播影视、数字动漫、体育演艺、油画艺术等文化产业融合发展。

（作者系湖南省中医药研究院党委书记、院长）

序言

人间的一亩中药草本

◎梁尔源

对于诗歌，谭电波是个爱好者。“多情怀酒伴，余事作诗人”，工作之余，诗歌成为他喜爱的“余事”。10年下来，诗是他生命里最深刻的情愫，他一直行走在诗歌的时光里，同时他一定也是个孤独的散步者、流浪者。诗与医药不只是隔了一层薄薄的黄昏，草木世界与人间也不只隔着厚厚的四季轮回，当然还有长长的暗道，曲径通幽。这些年谭电波一直不辞辛苦，流连于各类山川上的中药基地，奔波如云流浪，更似邮车，把中药知识从一个地方搬运到另一个地方，良久之后灵感才在雨中有晴、晴中有雨中降临。

人间辽阔，草木世界繁华，夜色和大地一样，也很辽阔，可是人们又习惯被许多事物牵绊。谭电波常常用上大半个夜去熬着中药，忽然择出一根黄芪、一味当归，不一会儿又拾起一根党参……味味端详，然后放入人世，再细心瞧着这些中药的一举一动，寻找它们在人间的踪迹，探索它们灵魂的芳香。

中医药是谭电波的专业，这便成了他的家乡，也成了他的故乡，是他创作灵感的活水，《草木本心》中很多诗作都来自他对中医药的凝视、思考、感悟。

一株小草改变世界，一缕药香跨越古今

中医药文化底蕴深厚，是一部糅进了人类精神文明的历史，“以文字煮本草，可济世事沧桑；本草可医病患，文字可治心伤”。中医药在数千年的传承过程中，已经达到了文化与科学的完美结合，形成了中医药学发展过程中一笔巨大的精神财富和一种物质形态。在传统中医手里，中药的主要功用是治病除疴，而在中国文人的笔下，中药则有另一番功用：透过一支支妙笔，世人看到了中药的另一道风景。

讲故事——在明代小说家吴承恩的笔下，中药成了他铺陈故事、渲染情节的道具。“石打乌头粉碎，沙飞海马俱伤。人参官桂岭前忙，血染朱砂地上。附子难归故里，槟榔怎得还乡？尸骸轻粉卧山场，红娘子家中盼望。”一首《西江月》用了9种中药名——乌头、海马、人参、官桂、朱砂、附子、槟榔、轻粉、红娘子，把孙悟空率众猴奋起反击来花果山捣乱的天兵天将的打斗场面描

写得甚是紧张、激烈，扣人心弦。

绘风景——在宋代诗人孔平仲的笔下，中药成了他以文绘景的画笔。“鄙性常山野，尤甘草舍中。钩帘阴卷柏，障壁坐防风……”“此地龙舒国，池隍兽血余。木香多野橘，石乳最宜鱼……”他的两首“药名体”诗中共嵌入常山、甘草、卷柏、防风、云实、木通、当归、白头翁、地龙、血余、木香、乳石（石乳）、瓦松、天麻、杜若、腻粉（轻粉）等十几种中药名。诗人巧妙地运用这些药名，从微观到宏观，勾画出一个山村野夫居住茅屋，眼望飞云，耳听泉声，安乐自得的景象。

抒心绪——在南宋爱国词人辛弃疾的笔下，中药成了他抒发心绪、排遣情怀的棋子。“山路风来草木香。雨余凉意到胡床。泉石膏肓吾已甚，多病，提防风月费篇章。孤负寻常山简醉，独自，故应知子草玄忙。湖海早知身汗漫，谁伴？只甘松竹共凄凉。”这首《定风波》的词里写山，写水，写石，写草，写风，写雨，眼前这些自然景象，都寄托着诗人对往昔坎坷不平道路的情思，抒发了诗人内心世界的愤懑。其中用药名本字、谐音字等嵌入的药有木香、禹余粮（雨余凉）、石膏、吴茱萸（吾已）、防风、栀子（知子）、紫草（子草）、海藻（海早）、甘松等，药名与词意，浑然一体。

诉疾苦——在唐代诗人白居易的笔下，中药成了他痛陈百姓疾苦、心系万民的意象。“岁晏无口食，田中采地黄。”一味地黄中药，俨然是处于水深火热中的底层农民的一滴滴眼泪。

传情爱——在明代文学家、戏曲家冯梦龙的笔下，中药成了传递情爱、表达感情的情书。“细辛将奴想，厚朴你自知，莫把我情书也当破故纸……”巧妙地把细辛、厚朴、地骨皮等14个中药名嵌入情书之中，不仅展示了作者本人在中药学上的造诣，也借14味中药名，把两个青年男女之间的绵绵深情、融融爱意，淋漓尽致地表现出来，与那封流传已久的药名信有异曲同工之妙：“槟榔一去，已过半夏，岂不当归耶？”

然而，由于当前缺乏对中药文化的写作属性以及多维度看待中药文化中“人性、人本、人我”展示的求解精神的探索，我国中药文化的传播至今存在很大的阻力。我们期望通过中药文化创作来铭记每一味“生命之株”诞生、生长、转化背后的故事，为读者呈现中药文化发展历程中所展现出来的独特的人文魅力和有趣灵魂，立足还原与重构中药文化的心灵图景，挖掘与呈现草本世界的诗意空间，写出中药人“思接千年、续传千古”的传奇。

为此，谭电波通过诗歌这种文体来进行中药文化的传播，有创意，值得肯定。

人即本草，本草即人，药理即事理，药性即人性

法国历史学家托克维尔说过：“当过去不再照耀未来，人的心灵就会茫然地游荡。”问旧于新，一起回望、反思和寻找那个远未清晰也远未过去的“中药之魂”，我们需要耐心地走进本草的世

界，才能发现一味味本草与人的奇妙缘分——每一味中药都历尽沧桑，各有各的味道，各有各的秉性，各有各的气质，仿佛芸芸众生在红尘里演绎着各自的人生。

读懂本草，也就意味着读懂人性。在探寻本草的故事中，让我们走进这诗意缤纷的中药世界里，体会一种具有中华民族特质的美与和谐。

谭电波以其渊博的中药知识，结合其诗歌创作，跨界衔接，完美表达，值得喝彩！

一药一世界，药中有美，药中亦有道

“天地与我并生，而万物与我为一。”（《庄子·内篇·齐物论》）

在中医药人的眼里，不只山有情，水有情，日有情，月有情，大自然的一切皆有情。或许，拥有一颗“天性自然”的心，才能达到“人化自然”的境界，也才能化自然的品质为自己的品格，从一味味中药的世界里聆听大自然的呼吸与召唤。

于是，在一罐古朴简约的瓷罐里，诗人谭电波盛入本草的同时，也盛入风霜、雨雪、阳光、月色、忧伤和深情，这样煎制、熬炼出来的药药性才更深刻，才有隐约经年的暗香；在他的眼里，一味味鲜活的中药，充满生命的律动，承载并传递着中医人的喜怒哀乐，一年一年，一代一代，就这样薪火相传，永不止息；在中药的世界里，他拾捡起每一样不同的药材，了解其药性，立誓要勾画出一幅幅美妙绝伦又引人深思的诗歌中药图景来，让我们体味每一味中药经过诗歌的打磨后所焕发出来的奇异魅力。

夜晚是最适合反刍的。白天，在田间，在山林，在中药基地，中药专家谭电波所见当归、金银花、荔枝果都是上好的药；夜晚，回到斗室，他便摇身一变，成为诗人一位，把这些药“咀嚼”成一首首诗。

有的人为名利而歌，有的人为生命而歌，而谭电波则专为中药本草而歌。岁月如梭，在他的笔下，中药本草永远如诗般葱茏。

在最美的烟火人间，中药除了其药用价值，还有满满的诗意。

让我们走进诗人谭电波的中药草本世界，感受不一样的诗意时光。

（作者系中国作协会员、中国诗歌学会副会长，曾任湖南省诗歌学会会长）

坐堂·张仲景 / 280 cm × 180 cm　　**李绍平**

百草之王·千年寿 / 250 cm × 170 cm　　**李绍平**

巴戟天 / 40 cm × 30 cm　**李绍平**

侧柏叶 / 30 cm × 40 cm　　**李绍平**

防风 / 30 cm × 40 cm　　**李绍平**

长寿图 / 120 cm × 90 cm　　**唐　樱**

桔梗花 / 40 cm × 30 cm　**唐　樱**

快乐小鸟 / 50 cm × 120 cm　　**唐　樱**

五毒图 / 50 cm × 120 cm　　**唐　樱**

药王孙思邈 / 120 cm × 120 cm　　**林子集**

道法自然·阳 / 160 cm × 80 cm　**林子集**

道法自然·阴 / 160 cm × 80 cm　**林子集**

穿心莲 / 30 cm × 40 cm　　**林子集**

决明子 / 30 cm × 40 cm　　**林子集**

麻黄 / 30 cm × 40 cm　**林子集**

马鞭草 / 30 cm × 40 cm　**林子集**

龙胆传说·龙胆草 / 80 cm × 60 cm　**嫣　青**

鸢尾之梦 / 80 cm × 60 cm　**范进铭**

白芷 / 40 cm × 30 cm **陈 敬**

恋•栀子花 / 40 cm × 30 cm　**妙　青**

金银花 / 50 cm × 40 cm　**彭淑雯**

目录

第一辑 本草一味

第二辑　出谷迁乔

第三辑　开华结实

第四辑　达地知根

第五辑　根株结盘

第六辑 妙药生灵

第七辑　草本葳蕤

第八辑　中药物语

第一辑 DI-YI JI

本草一味

骑着春风的迷迭香

远山深处有一个药园
高峰撑着晨晖，山坳衔着落日
春天里，那位种药的女子
长着杏子一样好看的眼睛
她的美丽感染了杏花树
那枝杏花在药圃里兀自开着

一缕春风推开了沉重大山的缝隙
大山瞬间被春天填满
迷迭香发芽了，醒苗了，满园溢香
独特的香气丈量着春风
醒来吧，无论有花无花，还是有叶无叶
大家现在不要冥想了，不要坐禅了
迷迭香乘着春风，马不停蹄
速度之快，仿佛用药香打开一扇窗
一下子推开一片山河远阔

荷、藕与藕节

一池残荷
称为华盖的叶萎了，枯了
别样好的金芙蓉凋零了
一池荷梗黄瘦
一条一条的梗，彼此交叉着，独立着
精神抖擞，直直地挺着

宽阔的池塘上
残荷如林
傲然于风霜，挺拔于秋冬
站在荷梗的蜻蜓
站在荷梗的白头翁
在询问，残荷的底气何在

水，心中是藏有刀剑的
不信，水流湍急汹涌
可以把大地撕成一条河
荷，残荷所以能屹立
难道是因为荷能出淤泥而不染
难道是因为藕的存在
藕的深深扎根
藕的藕断丝连

别忘了
藕是节节相连才在大地深植的
连接节节荷藕的
是藕节
据说，藕节能收敛伤口
还能止血，化瘀
也能让人心如止水

荷到冬，如人之秋
变了颜色，却不失本色

紫花地丁的花语

丁是不高的，诚实的，粗壮的
也是顽强坚韧的，芸芸众生的
在盛大的荒芜里，一枚小小的紫花地丁
在风中摇曳浅唱，打开的花蕾
如同打开了一个春天

紫花地丁一度用作食物，历史上
一直用于疔疮痈疽、痄腮、乳痈、肠痈的治疗
清热解毒，燥湿凉血是它的贡献
在我的心里，盛开的紫花地丁
那清新、娇嫩的，梦幻般的花朵
如光芒点亮了荒芜，也点亮了我迷茫的双眼

万物是有壳的
比如，大气层是地球的壳，便于群峰的生长
如果人间有壳，一定是压抑低矮的，于是人常被称为丁
如同紫花地丁一样
紫花地丁以雍容的紫为梦为壳
生活压抑的人们一定是以希望为壳
二者如同宇宙的壳一样
无边无际，奔向未来
尘世间，有一株紫花地丁真好

蒲公英的大善

蒲公英，你一定是把爱留在别处
风一吹，花瓣就随风飘扬了
无雨也要打着小伞
不是惧雨，不是离别前凄美的仪式
而是远行的信心与潇洒
爱既然不能停留，那就播撒到远方
播撒到人间
独留自己余生孤单沧桑

自古大智不群，大善无帮
蒲公英哦，你有着极其巨大的勇敢
何曾惧怕孤步，何曾惧怕诽谤
不惧自己淋湿，孤独地走出风雨
你的善，如阳光
漫过人间山岭的薄雾

蒲公英味苦、甘
一种常见中药，也用作食物
清热解毒，消肿胀，散结节，利尿

像车前草一样活着

车前草，我分明看到孩子们淡淡的雀斑
紧紧贴在那张生动的脸上，朴素，一言不发
车前草，你不是露珠闪亮清澈
你是一段流而不居的溪水
纯粹，透明，也是一言不发的

车前子，你是一粒纽扣
紧紧扣住大地与天空，扣住了阳光，扣住了风，扣住了雨
为了解扣，东周时期的姑娘
一边唱着欢欣的歌，一边用纤纤的手
采之，摘之，拾之，捋之，装之，兜之
交给了东汉名将马武的战马
发现，车前草紧扣大地，也能锁住血

自此，中医人又不断地发现车前草
清热利尿、祛痰止咳
止淋、止泄泻、凉血解毒
车前草噢你，叶不奇特花不艳
车前草噢你，气不香浓味不鲜
只是大地上普普通通的一小草
而我只想，像一株车前草一样活着，绿绿的
保持沉默

紫苏，一切恰到好处

紫苏，有个
有点忧伤的名字

在家乡的河堤上盛开着
精灵的紫苏
我见着它
想起帮做农活的女童
背着一筐蔬菜，脸红扑扑的
刘海沾着汗水，贴在脸上
我见着河堤上盛开冷静的紫苏
想起待字闺中的村姑
顿时让那些贵妇人露出胭脂气
刻板，做作

自然的紫苏
低调的，质朴，甚至羞涩
用低矮身段
诉说脚下平凡的土壤
自然的紫苏
高贵，尊显，甚至典雅
不亢不卑
诉说低调的奢华

紫苏永远耐看可人
其色其香其姿恰到好处
一扇敲不开的门
你若一直敲，是不礼貌的
紫苏的美不会强人所难
高冷拒人
而有的门未敲却洞开，如同
一对男女认识两三天就在朋友圈秀恩爱
似乎过于随意
紫苏却不亢不卑，不刻意迎合

紫苏叶是一味中药
味辛、微温，无毒
发表散寒，理气和营
行气宽中，和胃止呕
行气安胎及解鱼蟹毒

苦寒的白花蛇舌草

是一年生披散草本
像个苦命人一样清苦
白霜般性寒，其实
它也有着鲜活的生命力，如童养媳
露出它的小白牙，比别的草本
叶如蛇舌，却绿得更碧更纯粹

让人惊悚的
瘦弱的身躯潜伏着壮怀激烈
如同它看有人正走向黑洞
一个深邃的黑洞，它挣扎着
用尖细高亢的呼喊
试图拉那人回身，止住下滑的脚步

白花蛇舌草低调
生存环境恶劣，不得不与蛇蝎生活在一起
没人发现时，会被牛羊马群啃食
不过没关系，牛羊吃了就不会生病
这草命贱，即使啃光
来年又会长出一茬茬

白花蛇舌草
清热解毒，利湿通淋

半枝莲的心胸

半枝莲……轻唤一声
一股凉意难言，仿佛身心顿时
浸润在微凉幽深的波澜中
不错，你的名字中有个莲字
只因生长在荒野中
因此花叶看起来并不水灵
不如荷莲的水灵
人家生长在水塘，不染污泥
人家品色备受世人青睐
人家咫尺之外便是菩萨立身之处
赐人寿福的九品莲台
而你只是生长在荒野里
静默的精灵
不喜市井波浪
飞去该去的地方，追寻那心中固守的安宁
那块极为清幽之地
更符合你那明净与悠然的特质
净化自己，也净化人心
将远山近水和独步行人连接起来
将人与生命之声连接起来

低眉圣洁的半枝莲

谁在怜惜？有多少人知道
你济世救民的情怀
看着野坡五步之外就生长着的你
被风引领着，不时点头致谢
弯腰时，神色谦卑而战战兢兢
虽说这不掩你的美丽、顽强
让人想起了凡·高的向日葵油画
你却染上凡·高本人的忧郁，其实这只是
为红颜而半悦己，为成仙而半凡尘
余下的全为中药
一株半枝莲，因此有人说
一半是草，一半是药
医家却说半枝莲
全身入药，心胸浩如沧海
半枝莲，解毒清热，化瘀利尿

半边莲并不一味忧伤

半边莲，你是忧伤的
花瓣半边的忧伤
紫白色的忧伤
还有隐藏起来的小的忧伤
还有藏起来的疼和软

半边莲，你是忧伤的
让人想起了人世间
想起普通人自己的一生
半生的磕绊，半生的艰辛
半生的痛，半生的怨恨
听凭命运的春来秋往
花开花落
狼藉着七零八落的生命碎片，勉强拼成
完整而又残缺的人生
不辉煌，非悲催
平淡至极的人生

一棵半边莲，我们相遇
其实，我们的人生就是半边莲的翻版
花若小掌，心有莲花
半把苦水和着雨水一起

都被吞咽
还把半边的笑脸
迎着人看，却从未展现灵魂深处
一怀柔情，内心也如莲花
小小的半边莲
有着与身躯不相称的力量
难怪名言说，人民群众是历史的创造者

这鼓动了一代代人
一生努力，恰如半边莲
开花
即使是半朵
一半的一半点缀青春
一半的一半冷眼繁华
红尘过处，朵朵半边莲花
迎着熏风，悄悄探头
等待下一季开出花的另一边

半边莲，清热解毒，利尿消肿
用于治疗痈肿疔疮、蛇虫咬伤
适用于鼓胀水肿、湿热黄疸、湿疹湿疮

卷柏，还魂草的简历

九死还魂草是卷柏
是草却犹木，硬气如松柏
站在峭壁高处
享受来自桫椤的教育，可能更早
用虎掌的力量蛰伏在岩缝里翠绿
在死寂岩石上
斟酌点滴甘霖
宽松的雾，是它穿过的
最朴素的衣裳
换得生时
大海一样的浩瀚，蓝天一样的豁达

卷柏也叫九死还魂草
瘠薄的悬崖，荒石坡
烈日下的山风
收走了它身体上的水
卷走了它的呼吸
它不得不盘缩身躯
枯槁苍白犹如死去
随风跳跃，过上游牧生活
到底需要跋涉多远的距离
旅途上沙尘茫茫，劲风怒号

到底多久才能找到那滴水
碰上那场雨
遇上那滴英雄泪
才能点燃生命微弱的星光
捡拾纷纷零落的绿
多少年，一遍遍
这个失去生命之水的孩子
渴望着水，如父亲大手的抚慰
许它千年风骨，赐它回天之地
一次一次又一次。九死仍还魂
借水重生，干枯的草团慢慢伸展
绿色，生命，灵魂终被唤醒

然而，卷柏不知自己有死而复生的神力
它只是草，平凡不过
高不盈尺，悬在崖缝间栖身
只是尽它的本分
竭力地生长，呼吸，休眠，醒来
一次又一次，一身硬骨头

卷柏，一身都是药
《本草汇言》言其为“行血通经之药”
善活血祛瘀而能消症散结
可用于症瘕痞块，又能消肿止痛
还可治跌打损伤的瘀肿作痛

昆布的终极理想

你以海水为空气，为土壤
其实也是生命最原始的状态
大海是生命绵延流长的摇篮
只是要求海洋比陆地更广阔

你无根，如鲸鱼无腿
走不上陆地
绝不能在空中多待一会儿
所以，生物学家视你为低级植物
亿万年来，你不能离开水，世代软禁在海洋中
以牺牲的方式，才能
暴露自己藻类家族耗费亿万年时间所制造出的氧气

走上岸，走上陆地
往高处走，登上高地
是藻类植物们亿万年的梦想
也是昆布的梦想
也是人类的梦想
那里，离太阳更近一些
更光明一些
昆布在阳光的感召下跃出海水
瞬间高级

成为一味佳肴，一味良药

昆布，化痰止咳平喘药
性咸、寒，归于肝、胃、肾经
消痰利水、软坚散结，用来治疗
瘿瘤、瘰疬以及睾丸肿痛等疾病

漂萍，强大到随波逐流

青青的浮萍，微弱的浮萍
扎堆一起，唱那人不归
唱群花打闹，唱不落的夕阳
容光焕发，幸福
如待字闺中的女子
神色娴静，发丝温柔
痴痴地看着她的白马王子
何时带着她出走远方
一个“萍”字深深刻在数千万女人的姓名上，骨髓里

白云，你的飘浮
不要去埋怨那缕清风
落雨，你的落魄
不要去埋怨大地的蛮力
漂泊的远人，流浪找不到归处的人
不要去埋怨诗和远方
你也曾豪言过
天为房，地为床

大海永远在波动，大地一直在晃动
时间永恒在流动，天宇一直在奔流
再深再强劲的根，也不可能抓住

还有捉摸不透的命运
大海，大地，天宇，时间，命运
万物都是过客，是浮萍
连同地球这粒宇宙的微尘
连同银河系这堆宇宙的浮萍

我们甚至没有笨鸟先飞的翅膀
那就要好好学习浮萍
紧紧贴在水面，吸吮力量
弱小、脆弱的生命喂出
强大
随波逐流，源远流长

浮萍，味辛，性寒，入肺、膀胱经
宣散风热，透疹，利尿
用于麻疹不透、风疹瘙痒、水肿尿少

木贼的隐忍

你如此纤细，却呼作木贼
你也有很别致的芳名
比如锉草、节骨草、笔管草
你是人间草木
蛰伏在诸多杂草中混生
多半被忽略不见
待到秋风扫荡，万木萧条
露出你通体翠绿妖娆的本色
因你有节如民间默默无闻的英雄
因你通体翠绿似小家碧玉，又如邻家姐妹
静静地坐在水岸边，发丝随风飘扬
恰是，在水一方的伊人

你虽有一个丑名，但磊落
不为俗常小事苟且，通透
亦无其他植物的私心
它们不免暴露出一身小家子气
心事满满，无处可说
动不动就向人撒娇
疯闹，喧嚣
要不就开一朵朵小花
要不褪尽繁叶，裸奔

而你只是活得简单，心空
不装任何琐事杂念
不去理会任何人的眼光与评价
缄默不语，踟蹰人间
你始终肩扛
自己的使命，疏散风热
明目退翳，止血

藿香，让我睡在夏夜月光下

酷暑烧尽，夏夜更辽阔
如同疲惫之后的一觉醒后
清醒，空旷
星星、月光不是远了
而是更近了
微风若有若无，轻柔地拂去燥热
夏夜更能包容万物的醒与睡

远处的灯一二盏
远处的吠声一二声
塘坝上寂寞也如月光
清澈，清爽
大地睡觉了
蝴蝶住进了花瓣的客栈
鼹鼠出来散步了
没有东张西望，鬼鬼祟祟
夏夜的空旷宁静，月光的清澈
给了它无端的自信与勇气

我躺在家乡塘坝上的凉席上
呆呆地望着星星
似醒似梦

蚊虫很猖獗
吸着血，居然还唱着歌
老人说，摘一些藿香的叶子试试驱蚊
它与紫叶、香薷一样，是乡人最忠实的随身护卫
千年守护着农舍瓦屋

我试着摘了一些新鲜的藿香叶
芳香浓郁，弥漫在月色朗洁的夜晚，安静而深远
躺在夜的怀里，我享受着
澄明的宁静
皎洁的月亮，眨眼的星星
树影婆娑，柔风阵阵
提着灯笼的萤火虫
夏虫的呢喃和歌唱
一切的一切，与我无关
我只希望被幻化成一朵睡莲
缓缓睡在这一片
静谧，沾染着浓郁的藿香中
不辜负，这一切美好

中药藿香，芳香化湿、和中止呕
解暑化湿、醒脾、解表、和胃

伸筋草融化世界的能力

怎么把你说成是松树的私生子
松树任何一根枝的影子都比你高，要么就是你低得
不能被认出
你的散漫有点无忌
但坚韧在自由的谦逊中，显得很深奥
匍匐如山猫，谦逊如狮子尾
自由如过山龙
一半是仁慈，一半是暗示
你是一味中药
祛风散寒，除湿消肿，舒筋活血
同时，除伸筋外
还有一种提醒
你有狮龙的蛮劲
越是倾向于静宁，越是依赖于运动
假如尺度足够宽大，狮子就会纵横捭阖
有时可以用蛮力敲碎一个世界
但融化一个世界更有力

伸筋性温，味辛、微苦
入脾、肝、肾经
祛风除湿，舒筋活络
主治风湿痹痛，跌打损伤

石韦活着的不易

一个老汉，瘦干
在一座石山上戳洞为巢
栖息生活
石山上草木干瘪
他牧着的几只羊，同样干瘪

石韦遇见石头时，石头是个穷光蛋
全身上下，饿成骨头
岁月拷打，满布褶皱
大家都没去查阅字典，不懂啥叫屈服
也不懂得什么叫作命苦
隐隐约约知道牧羊老汉的命很苦
人间有人命很苦

石韦不顾一切
一头扎在石缝里，藏身褶皱里
从此与石头
相依为命
穷的石头把雨迹留着，石韦
匍匐，匍匐，匍匐
坚硬的坐垫上生活
可以没有花，也可以没有果

但不能没有绿
不知是石头给石韦的绿
还是石韦染绿了世界

再贫瘠的土壤总会长一些生物
再荒芜的心田总会长出一点什么
生活不会放弃弃儿
除非生命自暴自弃

石韦，性微寒，味甘、苦
清热通淋，利湿化石，凉血止血

薄荷的忠诚

养的田园犬，一次次
摸黑到村口迎接我，早出晚归
先是汪汪地叫着，是高兴还是兴奋
该是告知我，别怕！有我
到光亮处，才发现它的尾巴一直兴奋地摇动
这应是它对主人的忠诚
忠诚是不用言辞的

疾风俘虏了深秋里的每一片叶
叶落下前是要染黄的
散落在地上那些黄色的生命
它们用凋零
宣告了自己对秋的绝对忠诚

玫瑰花用鲜艳的花朵表达玫瑰的忠诚
迷迭香用浓郁的香气表达迷迭香的执着
薰衣草用高贵的紫色来说明薰衣草的性格
红红似小灯笼的柿子告知柿树的成果
当然也包括卖苦力的老汉——柿蒂
一年又一年，永不改变

薄荷，朴实的身姿

朴实的翠绿，一生，只要存活
一如既往，忠于过去
也告知人们，未来的模样
永远，用清香告知鼻子
永远，用清凉告知口舌
永远缄默，不巧言令色
为了忠诚而世代朴实谦卑

薄荷，味辛，性凉，归肝、肺经
清利头目，疏肝行气，透疹
利咽，疏散风热

马齿苋与弱小只隔着一片汪洋

阳光映照，一片田野
一种璀璨的斑斓
呈现给蓝天，瞧！多美好
正好用来安慰尘世的苦楚
告知那些祈求希望的人，说这来生的幸福
正顺风顺水地赶来

生活在底层的马齿苋
这些山妮子，弱小、单纯、质朴
为他人斜视
为别物啃食、清剿、践踏
不动声色，冷眼看着岁月的奢华
自顾自地厮守田野。贱生
甚至用一抔土，栖身
方寸之地，葱茏繁衍

或许是命中有五行
命里金木水火土，啥也不缺
叶青，茎赤，花黄，根白，籽黑
故耐热，耐旱，耐涝。晒不死
沾地就活过来
所以长命，唤作九头狮子草

或许是俯首低调，紧抱大地
贫富宠辱不惊，传奇的故事里
没有嘶鸣，没有高耸挺拔
低矮，耐人寻味
无垠的寂寞，一定是
在寒冬里积蓄着春意
在春意里铺设着热情
从而，积蓄着强大
从而，允许一切发生

马齿苋，利水消肿，消除尘毒，消炎杀菌

猫爪草的新衣裳

春天是浅薄的
那叶单薄，那花脆弱
那脸孔如此干净
那身躯紧贴大地
不知谁轻唤一声
香青、黄蒿、野菊、小飞蓬、救心草……
在天空下，在远离尘世的山坡上开着
还有，我奶奶的女儿小妮子
猫爪草般朴素而又寻常的容颜
像极了家乡的村庄

奶奶的女儿，连一件像样的衣裳都没有
奶奶的旧衣服先改小又改大
穿出一个小太婆
今年过年，无论如何也得给她买一件新衣裳
奶奶50多年前就许过
家里除吃用钱之外，一概不能用钱
小妮子暗中许诺自己
要用她自己剜猫爪草卖的钱买

那时塘埂坡上的杂草丛间
散生着一棵棵猫爪草

春日的阳光，都融化在了猫爪草的花瓣里了
小妮子蹲在草丛里
一把小铲子，一只桑条子筐
她在剜猫爪草
她在剜她的金疙瘩
淘去泥沙，晒干，能卖两毛钱一斤
小妮子想买一件新衣裳穿

一株一株地剜，一枚一枚地攒
晒干一小捧
小妮子就把它装在蛇皮袋子里
蛇皮袋子渐渐鼓囊起来
小妮子买新花褂的梦想渐渐鼓囊起来
可最后，攒下的钱成了她兄弟的学费
最后，新衣裳成了，她失望于一路上奔跑的美景
荷花粉了，荷叶碧翠
晚霞红了，彩云飘飘
这，便都是她的花衣裳

看着摇曳着盛满阳光的
猫爪草的金黄
仿佛看见了奶奶女儿脸上
也盛开着猫爪草的小黄花
不，她就是一株猫爪草
我的姐妹也是它们中的一株
正穿着猫爪草的新衣裳

猫爪草，化痰散结，解毒消肿

淫羊藿里的仙灵

淫羊藿，仙灵脾，弃杖草
同为一物，说的是此物功效异常
一味毒药，人人有害；一味良药，应遇有缘人
仙灵脾这株小草，住着仙灵，心怀大慈悲
普惠天下

一个淫字，低俗，抹黑了弃杖草
仙灵二字又让弃杖草，扶摇直上仙界
人间，谁都千年不老心
但都不敌岁月钝刀的割剖
油尽灯枯，枯井无波
谁能春深赊活水，谁能暮秋洒甘霜，谁能万事皆如意
唯有春水东流去，一点仙灵比万金

站在康健荒芜之外
仙灵，是高洁的、自信的
像守护者一样沉默寡言
没有喧嚣劳苦功高，你只是堕落人间的天使

仙灵脾辛、甘、温，归肝、肾经
温肾壮阳，强筋骨，祛风湿，治疗肾阳虚
命门火衰导致的阳痿早泄

刺蓟的忠告

蓟，把高冷和火热
无缝对接，飞扬
在童话中，叶多刺
大蓟是虎蓟，小蓟是猫蓟
彼此相似，互为信仰

刺蓟走出童话，来到人间
不择贫瘠存活，还得忍受
锯齿残忍的摧残
风雨蹂躏的凋零
孤苦一生，春生冬灭
必须长着刺，必须模样狰狞
宛如人间有阳光，就要有黑暗
冷风唱着凛冽，熏风吟着风和日丽
有可爱的蜂蝶、蚂蚁、松鼠
也有恶憎的毒蛇、鼠蝼、苍蝇
人间说不好也好，好也不好
善良的孩子噢，刺蓟告诉他
心地善良学做刺蓟花
要长满硬刺，也要学会拒绝和反抗

做一棵带刺的刺蓟吧

善良的孩子，无论
大蓟还是小蓟，要拥有
两个瓷器
一个盛装了美丽的花朵
一个挤满了锋利的硬刺
装备齐全后，必须永远向阳
争取那一缕阳光，获得那个喘息空间
深深扎根平凡深处，缝隙之中茁壮
褒贬由人，不辩解，不委屈
也不对人的荒谬自私加以指责
安身立命于旷野
低吟着“野火烧不尽，春风吹又生”

还要如刺蓟一样不负时光
善良的孩子噢
快乐，生命的本质
请在狂风暴雨中
请在漆黑的夜里
一定要保持微笑，微笑时
一定都很美，很美
无论睁着眼，还是闭着眼

大蓟，散瘀解毒消痈，凉血止血
改善各种出血症，治疗痈肿疮毒等病症
小蓟，凉血止血，散瘀解毒
治疗出血和痈肿疮毒

寂寂鸭跖草的幽花

鸭跖草，一如素衣小女子模样
默默无声，虚恬清冷
落户阴湿僻静之地

鸭跖草，幽花寂寂
怀着一捧幽深心事
占下人迹罕至的阴凉偏僻处
一片河岸、路边、林下
蓝色花瓣如女子裙角在木门处
一闪，匆忙拽起，拉进门内
月光下它们合上花瓣睡去
风从树上刮过
它们沉于深深梦境，不到黎明不醒

弱小蓝花，如蓝色妖姬
花与天空同色，湛蓝湛蓝
鸭跖草紧紧偎依大地
看似卑微柔弱，挡不住
蓝色精灵神采飞扬的魅力
谁能明白它的野心
迎着朝露开放，晌午头就谢了
短暂的花期分外珍贵

每天早上醒来啥也不管
决心要过好这一天

鸭跖草，朴实、善良、大度
蜘蛛、西瓜虫、蜥蜴都来草下借宿
鸭跖草宽厚接待，伸出一条闭上花叶的枝条
给予庇护
大家不吵不闹，合抱而眠
夜色安静

鸭跖草的干燥地上部分为中药
性味甘、淡、寒，归肺、胃、小肠经
清热泻火，解毒，利水消肿

鹅不食草的立命术

这是个丛林世界，庞大的食物链
时刻演绎着生克乘侮，利用或被利用
善良有罪，没有锋芒的
弱小有罪，没有骨气的
如果没有安身立命之术，在地球上
没有藏身之地

艳丽的花朵，有毒
妖艳的蘑菇，有毒
明晃晃的，尖锐的
皂角刺、刺蓟刺、蒺藜刺
无不警告，不要靠近我
鹅不食草把刺装在
气味上，味道
让鹅退避三舍

谨记，人间
没有缩骨术，没有钻地术
若弱小，善良
需要锋芒保护
若强大，善良
用来改变世界

生命未歇，踉跄
前行。把沧桑
写成墓志铭

鹅不食草，一味中草药
发散风寒，通鼻窍，止咳，解毒
治疗风寒感冒、鼻塞不通、寒痰咳喘、疮痈肿毒，等等

败酱草的慈悲

一位母亲
苍老，唠叨
如同败酱草那一股苦涩的陈腐之气
塞满了种种不安、不平与挣扎
反复而固执地述说生命的苦难
儿女们难以接受
他们只接受甜蜜的夕阳
不耐烦弱小荧光的不停闪烁
奉献全部的光
喋喋不休，如埋首低微的败酱草
败酱草，又叫苦菜，也叫观音菜
竭尽全力，一颗菩萨心
去照耀山川，去吹动河流
见谁也都是苦难众生

败酱草性凉，味辛、苦
入胃经、大肠经和肝经
清热，解毒，消痈，排脓，活血化瘀

故乡那坡仙鹤草

年少时，有个憧憬叫远方
翻过大山，一座，一座又一座
没有脚本，只有一腔热血
远方，仿佛便在脚前，匆匆
投奔那个叫明天的小屋
管他！心仪的明天是否在等候
管他！约好的远方是不是自己想象的模样
四季轮回，转瞬即逝，不容半点时光缱绻
到头来收获了一地滑稽的荒凉
空余一身疲倦与奔波

曾经清朗的脸庞，雕刻着鱼纹的沧桑
我们的乌发也鬓染霜
往事如烟，忽然间回头
一望，故乡成了远方
原来的大山仿佛矮了不少
小时候听过的歌还在低唱
孩子们还是喊叫嘹亮
人们永远长不大，这里
深渊可以放倒，横着放
这里，依然是个梦成长的地方
柳絮在那里织梦

荇草在那里做桨，穿越烟雨
终随一季落叶纷飞

生活让你憔悴、疲惫
别急，故乡有一坡
仙鹤草，年年花开葳蕤
熬茶，茎叶幼嫩时炒菜
可以卸下你所有的疲惫
让你到了远方，安顿好
灵魂，亲切地走在人间

仙鹤草，也叫脱力草
性味苦、涩、平，归心、肝经
收敛止血，止痢，截疟，解毒，补虚

缠绵纤弱的菟丝子

菟丝子，一株让人纠结
功过难明的寄生植物
是吸血鬼，是神药

道德的有色眼镜中
菟丝子是典型的攀附教科书
茎蔓纤细柔弱，绵里藏针而凶猛，干着
不劳而获、好大喜功、依附缠绕
攀附高枝的勾当
舍弃其根，舍弃养育过它的土地
有奶便是娘，菟丝子
无情恰胜多情

菟丝子，为大豆恨
为胡麻、苎麻、花生、马铃薯恨
为千万以农作物栽培为生的农夫恨
却不为读书人恨
文人骚客咏唱2000多年
怜爱菟丝子的纤弱与缠绵
诗词中无不细述菟丝子的
“轻丝”“细缕”“萦心”“难理”
菟丝子赫然成了痴情的象征

常被拿来责问负情汉
在中国传统文化中
菟丝子寓意新人成婚，终身有托
也寓意仕遇明君，前程有望
直到宋代的“雀儿药粥”问世
医药家眼中，菟丝子地位节节高升
“夫菟丝子，神药也”

人在宇宙本根面前
虔诚才是本分
天地之美，齐一醇和之美
无是非、无差别
菟丝子的无情，也只不过有点
无情生存的智慧——
一寸竟成千万缕
如同嗷嗷待哺的婴儿，本能地
索取母亲的乳汁那样成理
谁不是依靠着父母的青春年华
在成长，在被滋润
只是后来
有人成人，有人不成器
恰如菟丝子，恰如萝草

菟丝子味甘、辛，性平
归肝、肾、脾经
补虚，止泻，益肝，明目，补肝肾，益精髓

八大公山的绞股蓝

你们的突然打听，站在八大公山
山麓的南侧一个坡地上
这株植物的身世
我该如何回答

站在一块石前，望着这株多年生攀缘植物
开着雪粒般的小花
她没有那美丽无比的
花朵，如月季、玫瑰、海棠、蔷薇
也没有那好听的名字
如月见草、美女樱、姬小菊
也没有对身体康健那么明显的功效
如冬虫、夏草、白芍、灵芝
也没有对衣食住行那么至关重要的作用
如高粱、棉花、小麦、大豆
她只是一株小草，一生只求能容纳整个春天
沉默寡言，不显示自己
像蟋蟀、鸣蝉、蜜蜂、青蛙
没日没夜地表白

这株植物的前半生，是山间野草
不登大雅之堂

一度曾用作救荒草
那是在春秋时期，兵荒马乱
他们都叫她——七叶胆
这株植物的后半生，是人间
名贵药食同源药材之首
我们都叫她——五叶参、福寿草
被称为天堂草的绞股蓝
可以用于很多种疾病治疗，功效极强
留下仙草的特性

太多横刀夺爱的了，比如
人参、茶、金银花。这是
这株植物的
初爱，养身，怡情，雅趣
不见芬芳蔷薇酽
不闻薰满千村万落香

至于这株植物的归宿，说来话长
绞股蓝含皂苷80余种
其中几种皂苷是长白山人参的4倍
她说她不能再湮灭于红尘了，该出山
绞股蓝深情表白过
人类噢，在这纷扰的尘世
我该怎么爱你们

佛说前世500次的回眸
才换来今生的擦肩而过
唯有珍惜

或随养生，或随医家
干脆，就让我们生活简单一点
备一壶绞股蓝茶
诗和你山明水秀
催万物生长
而我备下琴声
将暮色慢慢饮

绞股蓝，清热解毒去火
清肺润肺，化痰止咳
补气补血，提高身体免疫力

麻黄，半仙半魔

写沙漠深处
梭梭树、光棍树、沙棘
胡杨、楮实
风不断地给它们
调色，涂抹
风沙一来，大地像一幅做旧的
老画，比宋朝还早
若有殿堂，帝王端坐着
一声吆喝
不见一个人影

路如蛇扭曲爬行
消失在沙风中，或者时断时续跑入沙漠深处
如果幸运，斑驳之外
有一小丛麻黄，还有一些隐姓埋名的
药草抱团取暖，以及藏在其中的庙宇
它们长着一些瘦小、或黄或紫的花朵
挂着小红果的
一定是无叶有节的麻黄草
沙漠深处一定还有
比月光还冷的雪

贫瘠之处，麻黄
有着与纤弱不相称的坚贞
根须牢牢地扎进沙地
学医不精者，麻黄是
一味麻烦药，魔一半
仙一半，任性
淋漓酣畅表述了
潮涨潮落，拍岸惊天
月圆月缺，阴晴古难全
亦真亦幻，魔仙犬牙交错

麻黄，发汗解表，宣肺平喘，利水消肿
麻黄根，固表止汗，利尿

穿心莲的苦如夜

我们确认眼神
在大围山深处的一条小溪水边
短暂地愣怔，疑问，惊诧
都消融在一声尖叫里
我们曾相遇贵州梵净山的
悬崖下
你在石缝中葳蕤
我看着你眼前的垂珠
滴滴融入土中
还有，见你多少次
我一人独自的梦蝶中

穿心莲，你可知道
惶惶度日的时光里，多少个
夜如穿心莲，无穷尽
感染着忧伤的人
入木三分
穿过身心，串起，盛开
陈旧的情绪反复
云涌雾绕，一次次薄凉
掏空肺腑，留下一大片寒凉与苦味，野蛮丛生
可我偏要，执念

等一箭穿心来疗伤

为此，我在等
等在两端，凉薄与深情
等不来被爱
就去爱，等你
予我一剂良药——
一见喜
你的苦可穿心而入
也可入心而化
长成一朵莲花

那歌在反复吟唱
骄傲的穿心莲一朵
不肯说，心也淹没在苦中
也有情绪，似一花一木
也有一思一念，去看看那叶上的泪痕
为你，也为她

穿心莲，苦寒之药
归胃经、肺经、大肠经和小肠经
清热解毒，凉血消肿

喊吧，白花蛇舌草听着呢

春天一喊
雨水充沛
接着风、阳光，甚至树荫
变着调地喊
白花蛇舌草正认真听着呢
伸出小脑袋发芽了
纤弱的身子迅速地伸展
长着蛇舌似的叶，长出小白花，结着小蒴果
够了，别再喊了，暂停一下吧
再喊一声，白花蛇舌草的
一季就这样过去了

不，继续喊是神的责任
接着喊，一声接一声
喊出一场春雨
喊出一地梨花
把大地喊得生疼
把春天喊得稍纵即逝
也喊得我热泪盈眶

不是我多情，我也是一株草药
努力而卑微，埋首尘世

时间把我丢进岁月
像顽石，栽在阳光里
也像大海里下沉的石子
也要仔细，听着
云在喊山，鸟在喊林
父母在喊我，儿女在喊我
草药们，连同
白花蛇舌草也在喊我
这一喊
我的大半生也就过去了

白花蛇舌草
利尿除湿，清热解毒，消痈散结

艾叶，款款而来的香草美人

一根纤弱的野草，笔直，一贯高洁
荆棘险滩不改，路边沟壑，留有足迹
绿叶素枝，几千年
亘古逶迤而来，不与群芳争艳也不招惹蜂蝶

一根纤弱的野草，笔直，背依着历史
把馨香从宝瓶里尽情倾出，随风悠悠飘荡
身处污沼，也散发正气
定会把邪恶驱走
一挂几千年，在门楣上
成了一枚符号，一个象征
纵使无风，芳香也幽幽浮动
一路跟随，一位老人
哀民生多艰，叩问苍天，茕茕南行
坚定的脚步丈量漫漫长路
穿越纷争岁月几千年
有人在读《楚辞》，手不释卷
孙子们，也跟着牙牙学语
在吟诵声中，艾草，你的清香
越发清香……

一根纤弱的野草，笔直，有一串的别称

与端午节相连便是艾蒿
和屈原组合便是端午节
艾草和诗词，平行了
与张仲景，与后世的
白衣擐甲，连在一起
艾草对药方有求必应
闻着艾草香，就闻到
1800年前，那个中医的味道
与美食连在一起，串起了乡愁

艾草，香草美人
从不躲避苦的出身
淡得辛，淡得甜，淡得
与世无争。你是
芳草连天的配角
草木茂盛，一个强盛的部族
不善言辞的艾蒿
诗的韵脚已经芳草连天
2000多年
广袤大地，诗意草木茂盛
远在天涯的药名
路人皆知

艾草，款款而来的香草美人
一朝之寒，馨了千朝之暖
艾草味辛、苦，性温，归肝、脾、肾经
温经止血，散寒止痛，安胎
用于出血症、月经不调、痛经、胎动不安等治疗

墨旱莲，谦谦君子

墨旱莲，你落草却不为寇
田埂、沟渠、路边、墙缝
有你秀丽的影子
柳叶，花雪白细小，茎如马齿苋般紫红
种盘如微型向日葵，汁液如墨
是中草药界的名门望族
人间谦谦君子，淡然、坦然
平和、低调，一点也不刻意隐藏
保持最本真的自己，清水芙蓉，纯然初心

你也只是一小丛的杂草而已，在乡间
如果有影子，我想，也是纯洁的
不去想天高地远的事
也不想吃喝与冷暖
也不想是否配得上
丁香一样
结着愁怨的姑娘
卑微如尘，可正是
卑微的事物回到春天
你如雪的小白花敢于与群芳争艳
与嫣红角逐
你悄悄生息湮灭的一生中

如镜像般宁静，有燕子
在童话里梦幻般飞翔

盛夏，田间地头，镶了白色花边儿
墨旱莲花开了
株枝朴素的气质中透出雅致，远看
如薄烟，如轻云，如白雾，朦胧曼妙
凑近，小白花一朵朵从侧茎叶处冒出来
或藏在大叶子下浅睡，或依着茎望着蓝天
或从叶子下探出来微笑，仿佛一种飘荡的
语言，在牧童的笛声中停留
我相信，来自大地的温暖，够不上
无瑕的心灵。阳光和绿意，够不上
你的歌声。我看见风走着，田野
汪着一泓蓝色的梦

墨旱莲是菊科鳢肠属植物
鳢肠的干燥地上部分
味酸、甘，性凉，入肝、肾、胃经
滋补肝肾，凉血，止血

忍冬藤丰富的内心

鹤去了楼空了，金银花摘了
忍冬藤顿时空荡荡起来
别担心，忍冬藤，你瞧
江河不是有了树影就满了

所以，岁月一本正经地说
忍冬藤，你还得继续用力，活得
够用心，够努力，够辛苦
行于尘世久了，途经风雨多了，遭遇寒凉多了
也不要颓废，不要拿未来为过去陪葬
若能微笑，日子还是容易打发的
那就尽量吸收阳光和雨露的清新
来年将自己开成一串花的模样
做好心底里最好的自己

我们知道
金银花与忍冬藤是两种功效相近的中药
金银花疏风散热，但限于表
忍冬藤疏络散热，却能入里
反证了经历越多
内心才越丰富，如此
才能克服生活表面的相似

铁皮石斛的成长

铁皮石斛，一直不肯
混在泥土里生长，它请求
把我挂在树上，挂在崖上
阳光会给我一粒糖的
薄薄而不甜腻的糖，我满足了

其实，给糖之前
泥土曾郑重承诺
我的胸怀是敞开的，我们能给
一大块蛋糕
足够你安逸走过一生的饥荒
铁皮石斛婉拒了，一生不后悔

铁皮石斛，坚信
阳光给的这粒糖
一直会甜下去，绵长温馨
这十分符合铁皮石斛这个隐士性情
放下一切名闻利养，空寂心灵
达到益胃生津、滋阴清热的功效

鸡血藤的生存之道

几块大石头
堆出一个小窝
挤满了芒萁，几株狗肝菜
鸡血藤被挤在一旁，紧靠一块巨石
巨石这面如陡峭的崖，如直立的墙

夕阳斜过石墙照在绿植上
她们慢慢有了相同的视角
窄窄的，并借助身体的
某个部位把光点反射

仿佛这样就会获得更多的春天
就会把空落的时间填满

鸡血藤紧抓这渺小不起眼的机会
不放弃任何一缕阳光
鸡血藤的盛放让人惊喜
紫花攀缘绿茎而上
每一瓣紫红里都含着一点明黄
像极了菩提的模样
清风徐来，倒也有禅韵悠然
不知不觉，鸡血藤扶着石壁

爬满一墙

鸡血藤之汁血红
启迪了古人，取类比象
发现其功效，行血补血、舒筋活络等
常用于月经不调、经血不畅、痛经、血虚经闭
关节酸痛、手足麻木、肢体瘫痪、风湿痹痛等症

第二辑 DI-ER JI

出谷迁乔

人不如紫檀贵重

坚持对中药材来说
就是生长缓慢
由此长得慢的药材都成了名贵中药
如紫檀、人参……

望着这株上百年的紫檀树
一位老药工说
紫檀树的树屑是一味贵重药
畅通气机，调理脾胃，止痛

在人间，人们十分推崇坚持
年轻时我很懵懂，坚持难道
便是日复一日地重复
刨去睡眠
人的一辈子只有一万多天
有人真的活了一万多天
有人仅仅生活了一天
却重复了一万多次

紫檀树日复一日
扎根土壤，不论沙土还是石砾
阳光下，根系发达，具根瘤，善固氮

长叶，壮大，心无旁骛
如同我们年轻时候痴迷的吃喝玩乐
以为坚持是永不动摇

老了，发现自己成了时光磨损的废品，才明白
人间的坚持是需要挪动的
内心一直犹疑着，退缩着，心猿意马着
一步三停着，还在往前走
却迷失了往前走的方向
却忘了为了什么去坚持

紫檀树的目标与方向
是向上生长，是不断伸向天空
他不说，天上阳光是他的目标
而我一直杵在十字路口不断地问着路
羞羞答答，不知所措

所以，人不如紫檀树

慈利杜仲

杜仲喜欢跟人类谈论植物的
优越性
几千年来，杜仲被医药家们用作良药
出乎古人意料
杜仲的祖先早就是地球的原居民
地球第四纪时一场旷日持久的冰川侵袭
唯有中国幸存了这种“活化石植物”
慈利江垭山高林密，地下温泉遍布
恰巧成了杜仲的游兵散勇的港巷之地
20世纪50年代
慈利人又充分利用江垭独有的条件
把江垭打造成了杜仲的大本营

杜仲长得如此坚实，如此耐心，见识如此之多
吸收了如此多的天地灵气
一支秃笔描述起来很是力不从心
杜仲浑身洋溢着绚烂
一句良药难以概括
补肝肾，强筋骨，降血压，安胎
近200年来，除大量滥用之外
又被全球大量引种
最终还是成了二类保护植物

今天，慈利迎来了第十八届国际基因组学大会
一群基因研究学者来到慈利
围着杜仲树对视着
一个院士说我们要弄清杜仲所有潜在的宝藏
说杜仲有机化学成分多达200多种
一个院士说我们要弄清慈利杜仲的基因组序列
做好一个二维码，姑且用作她的身份证
而湖南省中医药研究院专家说
那就让我们开发出系列的杜仲产品
让产品成为慈利杜仲最闪亮的名片吧

一个人的天性不长成药草
就长成莠草
所以他应当时时灌溉前者而芟除后者
地如君子，地势坤
君子以厚德载物
江垭是也，慈利是也

任何一个时代，傻子都是够用的

八大公山，厚朴树浩荡地花开十万亩
这是一种晚成大器的品种
出身高贵，花开雍雅，玉树临风而从容
叶根皮均可入药
益气化食肠胃顺，消痰润肺喘咳安
我甚至一度迷信厚朴拥有了整个宇宙
厚土的垂青，风调雨顺
从而憨憨地生长

诚如20世纪六七十年代生长的少年
生活里该有的样子
健健康康，快快乐乐，大大方方
行走在阳光里，寻找美味的食物
寻找与灵魂契合的人
玩伴一程，同学一程，情侣一程
恍惚中明白一些道理，于是心生欢喜
突然就想过好这幸福一生
突然就想起拯救全世界的穷人

但愿人们，如厚朴，如那些幸福的傻子
生活在任何一个时代，幸福如同
春天对待厚朴树一样对待着我们

橘子的阶段性成果

中药关系复杂
枳实与枳壳是同门兄弟
枳实，陈皮，青皮，橘络
是橘子阶段性成果

春天的熏风一响
橘子树上缀上细碎的黄白小花
阳光的锋芒
愈加坚硬
由柔软到苍老

岁月无情，滤掉
青涩，单纯与善良
风雨，雪霜，沧桑还有悲伤
有时的剪枝，有时的花叶凋零
如寸断肝肠，不是彷徨
而是最后的凄凉

由灌浆到充盈
颜色由青到黄
总被无私的阳光
增添了太多的欲望

太多的梦想
每一丝成熟的气息
性味由辛苦到甘苦，由性温至性平
都带着行气的功效

万物相生相克，一物降一物
防治疾病，中医人一直寻找化改的良方
生活就是这样
越是由衷地慷慨激昂
就越有意义
就会被多彩的时光
铭刻在人们心上

一颗橘子也是如此慷慨
《中药学》这部功劳簿如实地记录着
枳实：破气除痞，化痰消积
陈皮：理气健脾，燥湿化痰
橘络：行气通络，化痰止咳
青皮：疏肝破气，消积化滞

银杏树在取悦人世间

如果植物界一定要选出男女的话
银杏树便是伟岸的父亲
一生稳重，如山，如千年胡杨
这是一株适合生长在苍茫大地的大树
这是一株适合生长在荒荒无垠时空的大树
这是一株适合长在神庙旁侧的大树，他
没有对风雨恶语相向
没有对旷日持久的时空厌倦
只是钟情于沉默
只是取悦人世间

银杏叶是大自然赐予的宣纸
写满恒久的爱
不留空白，不留一丝污垢
谁含着这片银杏叶
谁就含着爱，含着幸福
为了取悦人间，银杏树一直晃悠悠长着
千年不倒，熬过千年荒凉
这些，银杏总羞于启齿，觉得对人类他们
爱得不够
银杏叶片味甘、苦、涩，性平
活血，化瘀，通络

一棵枳壳树，买了一套房

一对中年夫妇购房
想改变居住环境
买房是一辈子的事业
夫妇花了两年时间
看遍长沙大大小小楼盘
别墅，洋楼，公寓
最后都在“考虑考虑”中无疾而终
最后，来到一个楼盘，踌躇良久
一幢小楼旁，一棵自然生长的枳壳树

这个房子有点贵
导购说，你们看院子里有棵枳壳树
一把遮挡风雨的伞
这个房子面积有点小
导购说，你们看这枳壳树树形优美，四季常青
足以安放对子女无限的惦记
我离君天涯，君隔我海角
这个房子通风采光朝向也不理想
导购说，你们看这棵枳壳树
满树盛放白如雪，春风枳壳花
花下接旧友
笑眼对花开，笑听春声闹

这个房子动静分区，临街环保
也有点不理想
导购说，你们瞧一瞧这棵枳壳树
满树清香，树下支一张小桌
摆一壶茶，几碟小菜
最好还有一壶小酒
这里就是人间最好的烟火

很难统一意见的夫妇，放下意见
签下购房合同，二人如释重负
只因这里有棵枳壳树

枳壳以青果入药
理气宽胸，行滞消积

活着，不如枣树

像枣树那样活着真好
梦中睡眼蒙眬，醒来
雾薄，晨曦
随便抓一把阳光
淡黄的枣花小心翼翼地藏在枣叶缝隙中
悄悄地捉起迷藏
阳光如果抓多了一点
把秋枣晒得红彤彤
整株枣树仿佛挂满了盏盏小灯笼
多么纯粹地活着

我曾怯怯来到人间
却喜欢着热闹地活着
如枣树的蝉
忙于鸣叫整个夏天，疏于阳光的捕捉
结果，把秋天的果实晒得青中带暗带黄
结果，人生的秋果长成几颗干瘪的寂寞
隔着窗外，望着几株枣树发呆

大枣，一种常见中药
也用作食物，味甘
补脾气，补血，宁心安神

枇杷果黄了

枇杷果黄了，苦等40年
黄得如此澄亮，黄得如此集中
应笑黄巢孤陋寡闻
应笑黄金甲的稀疏

不明白瘦瘦的枇杷树
叶很密还很大
秋冬二季枇杷花开了，躲着
叶缝中露出顽皮的笑脸，迎着寒风
拒绝蝴蝶的花枝招展
不情愿地，偶尔让蜜蜂来滋扰
这不是你的冷眼旁观
你无须点头哈腰来奉承春风
你只坚定撑着硕大的枇杷叶
让花静静绽放
让小绿果抱得更紧
偶尔让小绿果羞涩地露脸
让风明白春天到了
直到春末夏初
满树黄金甲
还是遮遮掩掩藏在有些大的枇杷叶中

40年前的夏天，故乡那最后一颗枇杷
我吞吃了
那甜蜜，那黄澄澄
一直安放在灵魂深处
度过40个春夏秋冬
今天，我回到家乡，寻找
枇杷树已不知所终
转头一望
老屋还在，屋檐硕大
后山还在，苍翠挺拔
老井还在，井水依然清澈甘甜

枇杷叶、枇杷果、枇杷根均是中药
枇杷叶，味苦微寒，归肺、胃经
具清肺止咳、降逆止呕之功效

桑椹，误入人间的精灵

一粒桑椹，未误入人间之前
很多年前，跌落在桑树上
人们爱屋及乌
桑椹、桑叶、桑白皮、桑枝、桑木
还有桑寄生
是谁的能耐？谱写了一首桑的壮美之曲
如那首《礼仪之邦》，恢宏磅礴
几乎用上了所有国风乐器
古琴、埙、编钟、鼓、笛、箫、筝、琵琶

曲中，儿时的你
母亲的膝上，静静地看见童话里的缕缕炊烟
桑树下，好多好多的星星
降临挂在桑树上
至今双鬓霜白的你，仍牵挂那株硕大的桑树
粒粒桑椹甘甜，那滋味无比的深邃
回甘着童年

桑叶喂胖了蚕，吐出
一条丝绸之路
牵出一轮明月
串串驼铃，串串脚印

夹杂飓风、沙暴，戈壁与沙漠
一起堆积出一路的锦绣
桑椹，你是丝路之源，历史指南

桑树，你是东方古国的“东方神木”
给予了人类的衣食
“桑之功最神，在人资用尤多”
桑椹被医家尊称为文武实
不是到了桑椹紫红时节
人们才想起桑椹
对待桑椹，如同怜爱自己的聪明伶俐的小女儿
一个误入人间的小精灵
医家何曾不想起用桑治病的药
诗家何曾不想起吟诵的用桑作的诗
农家何曾不想起雪白的用桑喂养的茧

桑椹：滋阴补血，生津润肠
桑叶：疏散风热，清肺润燥，清肝明目
僵蚕：祛风止痛，息风止痉，化痰散结
桑白皮：泻肺平喘，利尿消肿

无人知是荔枝来

一句“无人知是荔枝来”
让你占据前所未有的高地
一句“无人知是荔枝来”
让你被喷了千年的激愤

错怪了你，你只是一颗水果
拥有罕见甜美的诱惑
是时光中最妖娆的妩媚
你是一颗水果
千万年一直没有变
只是换了人去说

你只是一颗水果，没有变
在蝉鸣正要高调时
把太阳金色岁月染红
成一簇簇、一团团火焰
玉雪肌肤罩绛纱
历代文人惜怜着
可怜你的生处是天涯
然而，现在却变了

你只是一颗水果

时间把一切变成故事，却没有结束
你的观众很多
你却不亢不卑，大大方方做着自己
你有底气，你还是一味中药

果肉：补脾益肝，理气补血，温中止痛，补心安神
果皮：解表，降火，清心，理气，和血
果核：行气散结，祛风止痛
荔枝根：理气止痛，补肾壮阳，解毒消肿

严父般的皂角树

一直往后推
3000年，其间
无皂树，便无村落
长满硬刺的皂角树如同严父
一眼望着，子女们顿生惧畏
战战兢兢，大气不喘

其实，还印证“我很丑，但我很温柔”
心软的皂角树因为一身的软肋
全树无一不有益于人类，难道
害怕被乱砍滥伐而绝种
不得不用坚硬的刺，张牙舞爪吓唬
以保全自己，也巧妙地保护了那些孱弱的鸟类
让偷吃鸟蛋的蛇们无处可爬

寡言而严苛的父亲
曾从皂角刺挑起的晨曦里
拾起，掉在门阶上的细碎鸟鸣
出门下地劳作了
皂角树上的新旧刺丛
如一把把新老刀子
刀刀削着风，头发凌乱

我们的严父外出工作了
我们只看见父亲坚硬严苛，如皂角刺
却没见父亲擦汗的样子
待到我们为人父为人母时
突然发现
父亲的那张老面何等沧桑破旧
脾气还是老而不老，不苟言笑
严苛不改，如直挺挺的皂角刺
不肯半点弯曲

谁能怀疑
没有严父，何以家为
世间传说有菩萨，身形高大，无心无执
力猛无敌，能化一切苦难
其皂角树乎

皂角刺：祛风杀虫，消肿排脓，托毒
皂角米：润燥通便，祛风消肿，又称平民燕窝
皂角果：祛风痰，除湿毒，杀虫，治中风
皂角叶子：治疗高血压、支气管哮喘、消化性溃疡

龙眼的平步青云

龙眼与荔枝是亲戚
不巧被误为孪生
早熟几天的荔枝成了哥哥
龙眼成了荔枝奴
哥哥英俊潇洒，红艳壮实
在皇室的加持下，荣誉如
绝骑，一路遥遥领先
先入为主，东坡老先生后悔先做了岭南人

桂圆小心翼翼躲藏在阴影下
辉煌耀眼的荔枝站在舞台中心
一个龙眼的取名
桂圆仿佛成了幕后的大老板
荔枝成了它操作下的木偶
不知是桂圆形象如龙眼
还是上苍画龙时借用了桂圆替代龙眼
“龙眼”一词，如画龙点睛
让桂圆顿生灵魂
硬生生让荔枝成了千年笑柄
“一骑红尘妃子笑”
比起龙，皇族只是俗民，只是站得突出一点罢了

桂圆由“龙眼”一词而攀了神仙
身份非人间俗物可比，荔枝也被扔了好几条街
但食了，龙眼美味不能
在人心上画龙点睛
看透人间美丑
医家们却用它
补益心脾，养血，安神

龙眼肉是一种名贵中药
入药，补益心脏及脾脏
促进血液生成、安定心神，用于治疗
心悸不宁、健忘失眠、血虚面色萎黄等

侧柏树的延年益寿术

一群中年人，学富五车
号称著名养生专家
搬出教条，指导
百岁老人养生长寿
戒烟，限酒，运动。结果
著名的养生家60岁前就匆匆地走了
著名的茶专家不到60岁也挂了
眼科医师退休前自己也患上了青光眼
心血管科专家壮年也中风了
代谢科专家60岁前患上糖尿病

上千年的侧柏树轻轻感叹道
树生孤寂噢
风霜刀剑如烟如酒
如果安宁，心灵纯朴，扎根脚下
何惧荒野，不畏四季轮回
如果无求，宠辱不惊，花开花落
自然益寿，纵横春秋
寿者日出而作
寿者为爱而歌

人们考证，寿命

坚果长于水果，缘于
水果没有坚硬的外壳
经不起推敲，还有
长寿者是要站着走着
侧柏千年屹立，灵魂深藏坚硬
5000年的古松，为黄帝陵守土
郁郁葱葱，无惧冰雪
遒劲曲折的枝干，充满国画美感
独特的幽香沁人心脾，洗涤人之灵魂

这就是柏树
低调内敛、无畏风雪
一树傲寒、经年苍翠
有着四季常青的美好
也有着忠贞不渝的品格
终于，熬走了数千年岁月

侧柏炭，凉血止血中药
生侧柏叶，止血，乌须发，止喘，祛风湿，散肿毒
柏子仁，养心安神类中药
入心、肾、大肠经，味甘，性平
安神养心，敛汗，润肠通便

银杏叶的理想

2亿年家族史的银杏树
嫩芽，浅绿，是银杏叶的童年
梦想难道便是飘零如蝶，金黄玲珑
时间催生
风霜煎熬
浅绿成了金黄
空中轻舞，大地流淌
那么暮年飘零，金黄
银杏叶的梦想
一定是嫩芽，是它浅绿的童年

完成童年的梦想之后
童年又成了梦想
起点永远最美，深刻，动人

人的一天，如银杏叶的轮回
朝如银杏之嫩芽——童年
夕为银杏叶之飘零——暮年
层层叠叠，一茬接一茬
银杏叶叠成一树之高
那么，人呢
人若如银杏叶

可铺成人类之河
奔腾不息
如果每个日子，如片片银杏叶
那么，血肉分明的人
备受岁月煎熬之后
最终成了一堆堆，药渣
如中药银杏叶煎煮之后的残留

银杏叶
活血化瘀，通络止痛，敛肺平喘，化浊降脂

苦楝树的命苦与命硬

苦楝子过早地懂得了生存的卑贱
如穷人家的一位童养媳
不会撒娇，然而
身材壮实。一对粗辫子
厚唇木讷，脸庞大而黑
看起来不太清爽
衣着单薄皱巴，衣不搭身
不完全蔽体

打水，洗衣，煮饭，割草，喂猪，干农活
脚跟脚撵着她走
她一声不吭，忙碌着
看到有人欺负她的小男人
她就撸起袖子，嗷嗷地冲上去
嗓音也大，气势汹汹

就是，在家不受待见，也无人正眼瞧过
恰如苦楝树，都是苦命人
苦楝树，兀自萌生
不讲究生存环境，不择贫瘠
猪舍旁，阴沟边，山坡，路旁
懵懂生长却依恋家园

也不懂得追求快乐
一生只是追随季节傻傻地生长
识趣地长她的小绿叶
羞羞地开她的小紫花
结果累累却自带毒性
并且不舍得跳下树来，直到干黄
掉在地上连鸡都不啄
看见小孩子拾起往嘴中塞时
大人们就大声呵斥不止

自从人们看见童养媳
在村口泪眼汪汪之后
好长一段时间了，人们也很少看到屋前屋后的苦楝树
粗糙卑贱的身躯
他们说，打家具不再用上那些长得快的苦楝树了
他们说，苦楝子有毒，怕毒了小孩子
他们说，苦楝树太高大，遮挡了风水

望着越来越多荒废的小山村
望着无人往来有台阶的石拱桥
我明白，路边苦楝树棵棵傲然而立
命苦，但也命硬
恍惚之间，我以为站在那里的是我

苦楝树是楝科的落叶乔木
其花、叶、果实、根皮均可入药
味苦，性寒，有毒，归肝、脾、胃经
驱虫，消肿散瘀，除湿疹

刺桐树的溺爱

刺桐又叫海桐
刺桐花，又叫莺歌花
火红、富贵、吉利
是高大粗犷刺桐的女儿
父亲如此温柔护着女儿
不惜令茎枝长满倒刺
喜欢站在高处高唱赞歌的喜鹊
也不敢踏在刺桐的树冠上
没有任何动物为刺桐花的妖娆所迷惑
无不绕着走

鲜花出阁，需要节日
节日里有爱，有知音
有甜蜜的幸福，有灿烂的一生
刺桐花披着幽香，羞红着脸
一直等待着出阁
父亲的溺爱，可怕
刺桐花误了一季又一季

不是随了风，便是追了雨
当花瓣离开花朵
花朵离开保护它的枝头

只留下一缕暗香
残留在流年的光阴
风过处，似有若无的气息
填补着岁月的留白

刺桐树，刺桐树
你与刺桐花，如父女相遇
花来是偶然，花去是必然
所以你必须
随缘不变，不变随缘
如同人间
儿大不由娘，女大不中留

放下心中的执着与挑剔
相逢的一切
皆是美好，适合你我他

海桐皮又名钉桐皮、鼓桐皮，豆科刺桐属植物
刺桐的根皮或干皮
祛风除湿，舒筋通络，杀虫止痒

第三辑 DI-SAN JI

开华结实

雪莲与荷莲

为了那朵雪莲花
世界说大很大
大到走了那么久
大到时间没有尽头
在雪莲经过的地方
我曾站立成一棵树
整个冬天里
我倔强地站立
迎着凌厉的严寒
如同缘分未到
还没跟对的人相遇
一直在寻找雪莲花的路上

我与世界之间隔了一朵雪莲花

见过那朵荷莲
世界说小很小
小到围着那亩荷塘绕一圈
就看见了全世界
这个世界的故事没有一个是孤立的
如同风和微风紧密相连
如同河床的卵石

一个压着一个，重重叠叠

这个世界不是孤岛
若是，荷莲一定站在你的身边

雪莲花与荷花
都是冰清玉洁的姊妹
一个性温，一个性凉
一个祛寒壮阳，调经止血
一个清热，散瘀止血

与茱萸的呢喃

春天里，深山的野草丛中
一树山茱萸，簇簇小黄花如约绽放
恰似飞舞的蝴蝶

我问道，为何不挤进公园
盛大开花，万人围观，为何
孤单单绽放在这无人的角落

山茱萸轻声道
我有自己的四季，无人能左右
我有自己的轮回，无人能倒行逆施
昨天夺去的，明天会交还给我的，你瞧
我在春意中萌花长叶，在夏暑中结果
在秋收中成熟，在冬寒中退叶
何必去争奇斗艳，掺和那份虚伪的围观热闹

我又问，这么雍容的花朵纷纷扬扬坠下
落地成泥，难道不遗憾
茱萸微微摇晃着身姿说
好花知时节
所有的美好都恰逢其时
此时，你不就是正为我而停留吗

我只是碰巧见识了她盛开热情的模样
其实她并不在等我
她只是做好自己
无须留住任何人的期许

偏于一隅，悄然绽放，独自美丽
这株美丽的茱萸成了我最美的风景
我跟她挥了挥手，没有说再见

“遍插茱萸少一人”
原来他在大山深处正与茱萸呢喃着

栀子花正绽放

窄窄的街巷上，一位老太婆
小心翼翼地揭开一块手帕
另一块手帕上整整齐齐地
摆放着含苞待发的栀子花，用白线对对绑好
少年买了两对
一对挂在少女胸前
一对别在少女的乌黑辫子上
少女害羞笑着，柔声地说着
伸出白皙的纤手欲拒还迎
悄悄地帮着笨手笨脚的少年
你瞧，她露出浅浅的酒窝
你瞧，她露出洁白的牙齿
你瞧，她眼眸里荡漾着柔情蜜意

栀子花开了，花香宛如煦风
如同迎来了一场清纯的初恋
温润地轻拂于心田
恋人们坐在花前
看着天空
听着鸟鸣
拥有温馨
说着漫不着边的话

栀子花开了，一年又一年
即将毕业的莘莘学子
如同簇簇栀子花一样绽放
一段青葱岁月，一段豆蔻年华
一段清纯的初恋，还有
一段淡淡忧伤
恰如栀子花的清香
还包裹了苦寒，泻火除烦

结满红枸杞的枸杞树

沙漠是一个充满缺陷的世界
千里长风走过
吹走枸杞树的花瓣
石头冷峻，马鸣风萧萧
声声驼铃，红尘碎了
没有谁是无辜者

一夜又一夜的月亮隐隐晦晦
冬日的猖狂还是压不住
大漠长歌
浪漫从未枯萎
一堆篝火，可以邀人与风话沧桑
枸杞树挺住身子，并未避让朔风的锋芒
满树红果，仿佛点燃了满树心灯
迎接新年圣诞树上的红灯
大漠夜空上的满天星辰

枸杞味甘、性平，归肝、肾经
滋补肝肾，益精明目

说说菊花的独处

菊花是一类神葩
野菊花，我相信那是星星的眼泪
细如繁密的毛毛雨
如同人间百姓悲伤，悄无声息
洒满路边、山坡、水渠边上

菊花有春、夏、秋、冬菊
无论哪类，都有太阳和月亮的淡淡忧伤
清净，高洁，潇洒隐逸
甚至飞黄腾达，长寿吉祥
至于归隐那项气质就有不少姿态
如人间的君子
要么和灵魂有趣的人结交
要么和简单淳朴的人相处
如果没有，就单枪匹马
如陶渊明归隐的人生态度
却无黄巢杀百花的杀气

菊花是人间君子的朋友
也是传统常见的中药，清肝，解毒
能散能补，是佳品
疏风清热，凉肝明目

槐花开了，槐花谢了

微醺的风如浪阵阵洗过来
槐花如此干净
悄悄地开了
划开人间日子的温馨
生机流淌

谁的轻唱，如毛毛细雨滋润不留痕迹
数不清的蜜蜂、蝴蝶抱着星星爬上槐树
槐树无枝不在，举起的星星
淌着盈盈的欢歌

晴了，雨了
明了，暗了

红尘陌上，美好短暂
不足半月的花期
与雨水一样，槐花落了一地
是谁的洞箫抚过枝头
吹落了满地的星星
写着淡淡的忧伤
阳光、月光依旧
只是风雨中的故事泛了黄

化作了风云的烟花旧事

只有那些轻闲的蝴蝶
还有忙碌的蜜蜂
依然坐在槐树上
忙着去扶住不知所措的槐花
不让槐花有丝丝的摇曳

槐花不知何时起
成了妈妈的味道
成了故乡的味道
其实，槐花一直是
一味良药，味苦，性寒
入肝经、肺经、心经、大肠经
凉血止血，清肝明目

山坡上有一朵洁白的百合花

请细声细气地说话
我怕嗓门一大就惊醒了山坡上那朵百合花
晨曦中几粒露珠正用力抓着花瓣
请别太靠近那朵百合花
我怕急促的呼吸玷污她

大地如此宁静，连同山脚下的小溪
也屏住气息，悄悄伏地流向远处
花草相亲相爱，如同百合花叶与花相偎相依
那就不要随便指指点点
我担心手指并不干净
即便是那根一直用来写暖心文字的手指

最好套上崭新的鞋套，脚步轻轻
剪开通往百合花的林荫小道
有些泥泞
有些羞涩并开的百合花，仿佛一场雪
她的四周染上了，全是圣洁的魂灵
请别惊吓他们
记得刚才在山脚碰见的那条小溪吗
伏下来洗一洗心肺
如果非要歌颂，先要呼出浊气然后蜂蜜漱口

然后嚼一片薄荷叶，当然还要清扫脑海中所有的黑云
接下来做个仪式
闭上双眼，遐想一场雪
一场不落在坏人屋顶上的瑞雪
因为这株百合花非人间之物
她最适合装进乳鸽的眼睛里
她最适合插在少女的辫鬟上

忽然一个亵渎的念头
从我的脑海一闪而过
少女最终会成为母亲
这株百合花何尝不是一味好药
宁心安神，美容，润肤润燥，止咳
这是她的本性，也是她的初心

覆盆子的前生后世

覆盆子，小红儿般乖巧
躲在梦中避雨，一把红伞低低地若隐若现
天晴，熏风下，覆盆子一如羞涩少女偷偷地笑
格外的鲜艳与鲜嫩
在覆盆子面前，初夏的风变得不再年轻
春来后，天下第一鲜果的名声
吹得乡野孩子们人人皆知
爬在高高树上瞭望，仿佛仰望星空
发现覆盆子似繁星闪烁

碧绿的灌木丛中
群星灿烂，满果羞红
湿漉漉的山间熏风微笑着
正是覆盆子钟爱的日子
跟上了春天
还有初夏的月亮
水果的最高境界
活成一味好药

覆盆子味甘、酸，性温
归于肝、肾、膀胱经
可益肾固精，缩尿

夏枯草的善良

想一想善良的人们
想一想他们用皱纹和泪水
浸泡的善良
想想年迈父母的慈目与叮咛
我就看见了夏枯草的花朵
曾经开遍童年的山冈

夏枯草，夏枯草
饱经沧桑，遍尝苦寒
一株一到夏天就将枯萎的草
此时世界正一片生机盎然
你却成了百花的外婆，坐在台下
静静地看着，各色花娘
闪亮登场

天嫉英才
盛年而逝
苦命的夏枯草
毫无怨言的夏枯草
你也经历了秋霜冬雪和春露
壮年时却如此英雄落寞
缓缓地走向落日，身背苍凉

平静地道别，世界正如火如荼

朴实的夏枯草
不争名利
不自吹自擂
不招人待见
千万年来，人们一直认为
你是软弱的、羸弱的
是百芳野草中的弱势群体
你沉默着，不卑不亢着
直到那一天被中医人发现
你的品德远高于“画饼”的松柏
弱小身躯，一颗巨大的心
用自己的生命，禀性，内心的涵养
让人不眼红，让人不暴躁，让人冷静
以祛火来缓解头痛
恰如外婆轻摇着蒲扇

夏枯草，清热解毒
治疗目赤、肿痛、头痛
清肝火，降血压，散结消肿

金银花的感恩

金银花很会感恩
感恩太阳就举起金色的小喇叭
感恩月亮就举起银色的小喇叭
两只喇叭同时举起，满山已是春去夏来
繁花似锦，换了人间

金银花忍冬藤熏风浩荡
人们常误认为金花银花是对童男童女
误认为金银花便是送子观音
不对，金银花只是厚实，把感恩做成了爱
给了蜜蜂、蝴蝶，还是熏风
反正给了他，他又把爱给了她
于是，人间流淌着爱
一直流传到人类

实诚的金银花
你奉献出一颗善良的心
不带走一片叶
卑微的忍冬藤献出了光芒万丈的金银花
也让她有着菩萨一样的心肠
与独特的功效
清热解毒，疏散风热

百合花开

一滴露珠，珍藏了万年江湖汹涌
一朵花开，为人类准备了亘古的祝福
百年好合，百合人生

一句，好合百年
人间明亮，恰如此时百合花，正从容绽放
百合花，你想把世间最好的给人类
结果，人们却发现最好就是你自己
正好花开此时

人生没有万事如意，青春没有百年不老
只想拥有一双灵眸，在心灵
百合花，你给了我们一双看待人间的眼睛
仿佛看到了宇宙的美丽
百合花，你盛开的微笑让我们感受到了幸福的气息
我轻轻抚百合的花瓣
仿佛拂过了自己内心深处的柔软

这个并不明朗，风不调雨不顺的世界
一句百年好合，世界阳光明媚，风调雨顺，变得美好
人类眼中的爱情
全是百合花盛开的样子

为母则刚的牵牛花

你本是个弱女子
世人误认为你是夕颜
其实，你才是朝颜
牵牛花是年轻的母亲，美丽
还是年轻母亲是牵牛花，漂亮
二者都是坚韧的
迎着春光向上向前攀爬
拥有生命制高点的美丽
让人想起所有高高在上的事物
比如蓝天白云，日月星辰
霞光下覆盖冰雪的山峰
山上满眼葱茏的绿
都有居高临下的美丽

蓝朵，红朵，白朵
一朵朵向阳微笑
一朵朵带露芬芳
向上是不屈，向下能可人
高傲与娇羞挂满一路
这是一路的希望，一路的骄傲
只是二者都在孕育生命
为母则刚

有牵，有挂
用柔弱的身躯
撑起一个家，是母不嫌子丑的天堂
有一线生机
就奋力向上攀爬
换来生命的荣光

其实，儿女们也是争气的
会很好地接班
虽丑也善良，牵牛子
黑丑还是白丑一直怀揣救人的善心
谦卑地藏在药柜里
静静听候医人的安排

牵牛子苦寒，归肺、肾经
泻下，逐水，去积杀虫

藏红花，成就人间一场美好

藏红花，一朵花的疯狂
神奇、妩媚
花红似火非天地物
天地生灵是药草

藏红花，一朵花的疯狂
原始人5万年前就画红了伊拉克山洞
自此，所有画师独爱你的红
古希腊锡拉岛壁画了你
涂红了克诺索斯王宫的壁
闪族人得到神的谕示
你是神赐给他们的急救神药
而闪族人在战场上并没有跌打爬滚

藏红花，一朵花的疯狂
你在明朝被播种西藏
你本名叫番红花，出生于伊朗
凭四溢芳香，走出《塔纳赫》
走入李白兰陵美酒郁金香
《离骚》《圣经》也曾有
你的芳踪，《离骚》称为香草
因为千万年的香

或许花红是非多
你一度被脑洞大开的古埃及人、罗马人玩坏了
视为浓艳的春药
艳后克利奥帕特拉沐浴你，身藏你
只是为了吸引男人，以致你成了权贵的奢侈品
宁可食无肉，不可居无花

藏红花，一朵花的疯狂
历史上，你成了一朵信仰之花
佛门弟子以藏红花色为法衣的正式颜色
你还是节日之花，失恋人的思恋之花
时至今日人们依旧在榨取着你
你是高档的香水，高级染料
你是最懂女人的花
养血，补血，美容养颜
还能减肥瘦身
你是中老年人的朋友
保护心脏，降压控糖
你还是提神醒脑专家

山水酿孕万千生命
藏红花在山野中摇晃着
人们感谢你火红的
生命的颜色
春天踏过了一切生命的新芽
唯有藏红花
携着花香走过了人间万里山河
成就人间一场美好

益母草在侧，在心，在书

益母草，我左看右看
更似一位母亲，我们小时候的母亲
自然，温馨，柔和
站在村口，亭亭玉立
身着花样繁复的裙
却有着清一色的快乐
简单，还染上
淡淡忧愁与卑微的满足

难道，爱是无法解救的蛊
对万物都是如此吗
益母草，一株多么感人的草
一层叶一层花，直到9层
层层叶绿，花艳，仿佛挂满母亲叮嘱的嘴
从不乱说一句话
哪怕儿女90岁
也会任风撩着衣裳与长发
站在村口，陪伴身旁

益母草，似母亲之余
更懂得母亲，懂得母亲身心需要
汗涔涔地立在人间

对着人间微笑着
秋风清浅之际，随风捎来阵阵花香
陪着母亲迎风接雨

益母草有淡香，它
在野，在侧，在目，在心间，在医书
《本草纲目》记载着：
活血调经，利尿消肿，清热解毒

不见当年合欢花

记得那年，村北有个小花园
记得那年春天，合欢花盛开
挤满了一畦地
朵朵含情露笑脸
有时候朝我微笑，有时候朝你微笑
我们年少，那时候很快乐
不同现在的这样
不只是因为这畦田
栽上了丁香花
还有不见当年的合欢花

合欢花：解郁安神，理气开胃，活络止痛

香蒲的香插

香插何时成了流传最广的焚香之器
抚琴绘画或作诗吟赋之际
燃一炷清香，青烟袅袅
一幅淡泊高远，超乎物外
一幅云在青天，水在瓶
跃然而出
陶醉文人雅士
这庄严的仪式也陶醉了
水烛香蒲与东方香蒲

江南的香蒲噢
花上两个月的时间恭敬插香
于酷暑之中
香气淡雅，权当是其袅袅的青烟吧
与菖蒲之香比起来
香蒲之香有山林气，无富贵气
于是，便从溪头涧畔走向
文人案头清供
蒲黄之香清透悠远，透着生拙的味道
仿佛不是很漂亮的香
却仁慈善良，内慧盖过外秀
让人心生岁月静好的淡然与柔软

蒲草的香棒金黄，仿佛用晚霞映着
以沙漠颜色涂成，广袤而纯粹赛过黄金
静静笔直地插在绿丛中
高调告知
香插准备好了
双手合十的医家们
你们可听懂这香插的预告
山河清晏，人间美好

蒲黄，中医中常见的一种药材，性平味甘
止血，化瘀，通淋

故乡那株决明花

你又在思乡吗
明月那时仍旧在
清冽，可能
大一些，模糊一些

你又在思乡吗
家乡那山坡，村头那路边
却不见晚秋决明子
黄灿灿的花朵，微缩的金莲花
衰草，荒野，天空黏成一片
这可是你曾经的桃花源
落寞了，荒芜了

你又在思乡吗
姹紫嫣红的花朵早已谢幕
曾开在山坡上、小河边的决明花
依旧未登场，那朵朵温柔的小黄花
不知躲在何处。留守老人说
决明子生长在哪里都没错
唯见鸣叶、枯山、秋风
在瑟瑟交代秋事
这可曾经是你欢乐的乐园

记忆中的美好破了，梦也破了

你还在思乡吗
那时的明月
今夜仍然在，父母叮嘱一直
在耳旁响起，这个世界
不只有黑夜，到处有
迷宫、坑洞、陷阱、伪装、遮掩……
外出，一定要看清楚
一定要好好照顾自己
每天要喝一杯决明子茶

决明子，味咸，性寒
清肝明目，润肠通便

刺蒺藜的清贫与顽强

蒺藜疲惫了
梦醒之后，长满了一身的刺
还有一地的忧伤，流淌

刺蒺藜，没有仙人掌那样孤独伟岸
低调卑微，匍匐于地，紧贴在墙
山缝，岩隙，石滩
一切贫瘠的地方，是它安身立命之所
仅清贫顽强还不能苟活于世
刺蒺藜用满身的刺，为自己设了一道牢牢的防火墙
才有一生难得的静谧，包括无声的，没落与苍凉

卑与微的人间，你何尝不是以孤独为刺
看起来高冷，拒人门外
虚张声势，主动进攻
也是脆弱的，安身立命的刺
却不一定如刺蒺藜那样
触类旁通，挤出一块小天地

刺蒺藜是一种常见的中药材
平肝潜阳，疏肝解郁，祛风明目
止痒，散结消瘀

山顶上的旋覆花

远远望去
山如一排排尖锥，缕缕薄雾
时断时续的几根淡黄色的线，隐隐约约
绕在山腰上
偶尔有人沿着一根线
从山上滑落
瞬间消失在茫茫绿色中

越过几座山丘的阻隔，以及一条弯弯大河
等到了山峰
我才发现也没什么了不得
也发现后面的靠山与正在攀登的
山是同一座山，这个山顶
只是半山腰，一个宽阔的平台
松树在矗立，山风在奔涌
灌木摇曳在翻山越岭的风中
还有不知疲倦的心动

山顶挤满了旋覆花，秋阳下
金灿灿盛开，旁若无人
朵朵花朵，整齐，盈着朝气
如初中女生，着整齐的校服

统一的刘海，统一的发型，统一的笑脸，统一的纯净
秋阳温煦，丛丛旋覆花
花圆如金币，花色金黄，仿佛替我
照遍高山上独有的忧愁
我才能在山的巅峰冷峻中找回
原来的温柔，比如，家乡小溪旁的金钱花
不被待见，却有极柔软的乡愁

不知当年初中的同桌是否有
和这里簇簇旋覆花
一样的眼眸，一样的刘海
一样的圆脸，一样的笑颜
山风浩荡如海，松涛如浪
我站在山顶，眺望
人生如舟，任凭波涛推搡
最终回到各自的港湾
谁在高唱，曲不成调，咿咿呀呀
无虑无忧，任凭山风伴奏
原来一无所知也是人生另一种享受

旋覆花：降气，消痰，行水，止呕
用于治疗咳嗽、咳痰等相关的症状

连翘花的思虑

连翘在山地上弄了一块地
种菜，菜倒是没好好种
偏偏开满了一秆秆的小黄花
为尽清香故作斜
绿叶没几片，仿佛连翘开了一个菜市场
不卖菜，只卖花，好像让人看着花就饱了似的

连翘是反着来的，仿佛
把咖啡馆开在森林里头
想喝，让人拄拐杖来
把养老院开在半山腰
这一天天把老头老太太累得够呛

还是交给蜂蝶来光顾吧
它们不来，满秆秆的小黄花自带热闹
遍山遍野吞噬孤独，寂寞，荒芜
为绿叶挤开一条条道
忽然一春的心事
随之踟蹰而来，如古之书生
一袭青衫，万卷词华

连翘以果实入药
清热解毒，消肿散结

葶苈的翅膀

理想是理想的翅膀
这能不能适用于葶苈
瘦弱的葶苈很想蹿得更高
想更高更高地飞翔，展露它
早早开着的黄花
似虹。如彩云
让寻找春天的人们早早知晓
春来了，春天就在这儿
这是葶苈宏大的理想、希望
抬头望天找春天的人
发现不了葶苈小花的金色
垂头寻找春色的人们
没有想到要抬脚，葶苈早已被踩在脚下
只有那些虔诚者，跪在泥土里
寻找春天气息者
才能看到阳光下盛开，健康明丽
春季里开着的葶苈小黄花

命运没有给葶苈翅膀
甚至没有给它一双可以跑的腿
如鸵鸟可以在荒野中奔跑如飞
如有八条腿的小昆虫

满满一地的同类被晒干了
还勇敢地奔跑在滚烫的泥土上
这依然不能阻止葶苈的跑、飞
遍地匍匐着的葶苈
迎着阳光，迎着逆行的春风
阳光给了羽毛
春风给了双腿力量
仿佛葶苈在大地上奔跑、飞翔
如同星空深处撒满了无数的繁星
闪烁着，奔跑着，飞翔着

理想是理想的翅膀
一颗炽热想飞的心
就真的成了飞翔的翅膀
一心向着理想前进的人
全世界都会为之让路
为之排山倒海地劈出一条康庄大道

葶苈以种子入药
泻肺平喘，利水消肿

神性的佛手

佛手，喜欢你的姿势，充满神性
仿佛代表了世间的一切植物
一切植物都是有神性的

没有比你更神性，活得
更通透的了，在人间
佛手有神性，高冷，散发清香
是香中君子
不亢不卑，不说没有非人的通天本领
不亢不卑，也不说一无所有
与任何植物一样，高洁，有点冷淡
不带任何偏见
不去讨好谁
也不去讨好这个世界

佛手，一枚只有中国人
才懂的果子，清香，含忍
远离那些救赎的诉求
多像梦的翅膀，人们看到
神在引导着梦的现实
丰富多彩无须耕耘
没有神的允许

始终无法进入远方
牢牢楔进那愚不可及的黑暗中
其实，佛陀
一直在招手
只不过有人从来不肯回头

这个世界，你不知道
只有光是最美的
在有意无意间，人们还发现
神性的光芒也是很美的
善意在站立，在发光
像深邃的夜空那样广阔
神性的光芒，昼夜照耀
如同一道命令叫万物生长

中药佛手
理气，燥湿，化痰，和胃

王不留行的豪壮

王不留行，你如此果敢
勇毅前行，是否一认定远方
就风雨兼程，像射出的子弹一样孤傲

你是一株与麦苗争高下的小草
却急，性急
柔弱女子，为母则刚，突然
如悬崖上的水流直下，如烈酒吐出火

王不留行，你的生长
如同人类在血汗中挣扎
骨子里就长着叛逆
截然不同的个性
以药的名义，捉病，捉老虎身上的虱子
扫荡那些河流上的诸多杂物，枯叶枯枝
以降魔的名义，捉鬼，捉一段夜路，捉凶猛，捉拿疾病
一如撒豆成兵

王不留行，以种子入药
味苦，性平，归肝、胃经
活血通经，下乳，消肿

密蒙花的垂钓

山野间，山花怒放
极不起眼的密蒙花簇拥在一起
花瓣白中隐透淡紫
花蕾吐着鲜绿，淡淡的茸毛
包裹着，与枝树浑然一体
山川沉醉，这一派不经意的清香
群群的蜜蜂，狂舞飞奔
在花海中吞没
密蒙花用树枝在垂钓蜂
还是蜂在垂钓米粒般的密蒙花

密蒙花树旁
一条滇藏国道，把连绵的山与溪川
绑了起来，不远处一块巨石
规规矩矩地打坐
孤寂，一声不吭
看山，看水，看风花雪月
采撷春色，也在端详
如过江之鲫的车辆，于茫茫人海
垂钓红尘

岁月的枝头

繁华早已谢幕
曲终人散
一只只蝴蝶各奔东西
公路对面，简易工棚里
一位女子苦等爱人，成痴
为寻夫，望夫归
从妙龄少女沦为乞丐
从知青美女，守成“昆仑女神”
30年独守滇藏线
感动了公路两厢的密蒙花
密蒙花为此
备受时光打磨，专注于治目
曾誓言，清目之外无他长

密蒙花，清泻肝火，养肝明目，退翳
用于治疗目赤肿痛、肝虚目暗等病症

金樱子，母亲的一生

一个女人不知经过多少劫难
遭受多少屈辱，才会如此把自己
藏在刺猬般的外衣里
不，那分明是她幼小的儿女
为了黄昏时打碎的玻璃碴，不扎伤在地上爬滚的儿女
她半夜赤着脚在地上各处踩踏
检查有没有玻璃碎片漏掉，有没有清理干净

别埋怨母亲的唠叨
那是金樱子浅白的花瓣，也孕育倔强的荆棘
那唠叨也是一种荆棘，可能会刺伤她的宝贝
其实，母爱，无处不在
在岁月风雨挑剔的眼光面前
绽放出金樱子出其不意的红
这不是羞红，而是赤诚、炽热的爱
那个曾经要强的妈妈不在了
她开始向子女妥协了
同时为了爱，妈妈筑起不可侵犯的篱笆
以自己之力，试图
如同保护金樱子果一样
保护她羽翼之中的儿女

母亲，你背着儿女，也背起沉重的生活负担
点点吞进岁月的苦涩，如金樱子
把岁月苦涩装进糖罐，无论多累多苦，只要孩子好
母亲，那尊金樱子的糖罐
是让儿女泡着，还是让自己的心泡着
只要看到孩子的笑脸，定是让自己的心泡进

金樱子，借风这把刀
锉成了钩锯，叶子悉将银白的月光
钩进毛茸茸的花蕾，多美丽，多炫目
岁月如雕刀，却把曾是父母宠爱的宝贝女——母亲的
脸上、额头，深深刻上了印痕
为了儿女，曾是金樱子花一般圣洁的女人
全然不顾自己的形象

为了带孩子，为了生活
母亲逼着自己长大
逼着自己做一个好母亲
如金樱子的根
一声“妈妈”的背后，是一个女人拼尽全力
吸尽生活所有的苦，如金樱子的枝丫
放下自己的柔弱，铆足天下所有苦力
奔腾成流淌甘甜的河

金樱子，固精缩尿，固崩止带，涩肠止泻
用于遗精、滑精、遗尿、尿频
崩漏带下、久泻久痢等病症的治疗

蛇床子的醒悟

江边岸堤上盛开的蛇床子
仿佛历经岁月浸透，醒悟
如种子破壳
五月，消逝得无影无踪的冬季白，与万物齐驱
刹那间怒放，如鸥鸟的白翅攒满整朵花伞
相随青灯玉案
摇曳佛前

之前，江边的岸堤
杂木丛生，瓦砾赫然，如荒野
无人知道，深秋落下的小小蛇床子
如何在庞杂中藏身
今生短暂的葳蕤，繁花三千
暮年时，蛇床子小心翼翼
轻放来世的种粒，然后
心平气静地凝视远方
听秋风乍起，任茎叶干枯
看江水下落
谁会察觉，这水泥夹缝中的一花一世界

皱皱巴巴的蛇床子
如同野胡萝卜，只是沧海一粟

不苛求任何，岁月也未曾许诺
光阴不是赊来的
每天也不必付费，但追求
属于自己的风景
是它们活着的
全部意义

人，何尝不是一株野胡萝卜
岁月温柔，世事
点化，嬗变，沧桑
苛求将渐行渐远
如春末的风，越走越淡
那颗心也越来越静
岁月尽可浸染，华发丛生
笑靥亦如蛇床子花
活着，便是人生

蛇床子，性温，味辛、苦，归肾经
杀虫止痒，燥湿祛风，温肾壮阳

芫花的春天

春天来了，寂静的芫花
优雅地，点燃紫火
燃烧，整个冬日的荒芜
烧醒，荒秃的山林
芫花，楚楚动人
柔软的腰肢春风可揽
粉红罗宾鸟驮着的性感
让枯藤老树、蒹葭衰草战栗返青
让少女慌乱。你站在哪里
哪里就有野性而妩媚的风景

满枝烟紫，丛丛繁花
不见绿叶，只见花的先花后叶
芫花，担心错过春光
倾尽全力纵情盛放
如同我们年轻时初次的爱情
只管付出，不求回报
将姹紫进行到底

芫花，有毒，蛇蝎美人
极似丁香花容
丁香花，你要明白

不能因为自己变成了一个不痛不痒的人
就去嘲笑那些爱憎分明的人

芫花以花蕾入药，有毒
泻水逐饮，祛痰止咳，杀虫解毒
主治水肿臌胀、痰饮癖积、喘咳胁痛、痈疖疮癣

款冬花呼唤春天

款冬提心吊胆
落叶在寒风中追逐，铺了一地廉价的忧伤
荒野，落叶的萧木，映着雪光
黑黝黝的铁
沐浴雪光的灰黑石头
白纸上盛开着成群的墨点

凝冰积雪，款冬破冰而出
金光灿灿，犹如日光般绚烂
冬天，了无生趣
款冬便是名副其实的冬花
不及春花之绚烂
不及夏花之热烈
不及秋菊之韵味
你应是冷艳的，却
温婉尔雅，韵味十足
如佳人，绝世而独立
云散雾散，一眼万年
但弥漫的都是寂寞
连同，苦时瘦如黄花的
贫寒而才华冷峻的才子，古来圣贤
寂寞，黯然销魂

一月的款冬花，开出繁多花瓣
每一瓣都在预热新年
迎着冬，呼唤春天
略带点点诗意苍凉
敢于极寒，释放
一腔火热柔情，昂起
娇颜，白色恐怖
狰狞已是无声的陪衬

款冬花以花蕾入药，生用或蜜炙用
润肺下气，止咳化痰

鸡冠花，红红旺旺

鸡冠花，落入人间的凤凰
花开嘹亮，蓬勃，似火燃烧
坦诚，没有顾忌
花开丰腴，满村里
跑着开，野蛮着长
似健康村姑爽朗的笑
袒露着放荡的秉性
似粉红夸张的头饰
炫耀着乡野的不羁与浪漫

没有矫揉造作
没有清香四溢
近乎笨拙、无顾忌的真实
不足以牵拉住文人墨客
那清高的目光，原来
健康的，坦诚的，朴实的
并不足以让人怜惜
待到遍历岁月肆虐之后
沧桑了，老了，人们才真正喜欢上
这老来红

鸡冠花，一个很庸俗的名字

李渔认为此花可肖天上之物
如五色云，但没有比冠以鸡冠花之名
更得雄鸡的神韵和精神
唐代以来，此花一直被唤为
鸡冠花，鸡冠花依旧故我
天地已变我心未变
身居荒凉而心中从未荒凉
独冠群芳傲向阳
用自己独特的方式，演绎着
红红火焰一般
热烈的美丽

鸡冠花作为中药
味涩性凉，归肝经、大肠经
收敛止血，止带止痢

女贞子的风骨

苍茫雪地上，一棵女贞子树
孤单而青葱
苦寒里打坐，顿悟
把灰白的时光修炼
一粒粒干净的女贞子
为鸟雀充饥，为人间
悬壶济世

什么样才是香清雅宜
走近女贞子她能告诉你
什么样才是花如碎玉
走近去看看女贞子吧
如果你被女贞子包围，那么
春夏的时光就会如梦似的
清甜怡人
如果你不懂得女贞子
那么就读一读嫘祖养蚕制丝
花木兰代父从军
穆桂英挂帅杀敌
读一读林巧稚、屠呦呦、杨绛
读一读赵一曼、杨开慧、刘胡兰
或者，中华大地

无数为母则刚的女人
读一读这几千年文明的土地上
内心善良充满阳光
心存梦想渴望美好
长青四季的女贞子，风骨如水一样的女子
柔情温婉痴悟，自强不息
永远流淌，穿越千山，穿透石川
而不是
被轻佻误导了灵魂

女贞子，味甘、苦，性凉
归肝、肾经
滋补肝肾，明目，乌发

一生如梅的女人

我看见
坡上的那棵梅树上
小巧的梅花绽出笑容
山谷里一双红短靴在行走
擦肩而过，欲言而止的羞涩
小鹿般惊乱，刹那间
春来了

那一颗一颗青梅温情走来
穿过整个季节
青梅如少女，少女如青梅
娇小玲珑，小鸟依人
如三月款款走来的女子
宛若山间清澈透明的小溪
纯净，润泽。为爱而活着
陷入酸酸甜甜的爱恋中

那一颗一颗的梅子温情走来
穿过整个季节
中年女人如梅子，梅子如中年女人
淡雅清秀
知道世间难，懂得沧桑苦，品得甜味真

如风的岁月里，不拒风雨。风采迭呈
生于野壁，长于草丛
挂于冷漠，悬于炎热
不与世争，不与己悲
质朴单纯，活于清世
丰韵了似水流年，静谈红尘过往
没有过多娇美，也没有狂妄不羁的跋横
生活酸涩中裹着甜蜜

那一颗一颗的梅子温情走来
穿过整个季节
年老女人如梅核，梅核亦如年老女人
朴实无华
丰腴变干瘪，充盈为枯萎，艳丽失了光泽
身心安怡，甘于淡泊，安守清贫
以一颗柔韧温暖心
勇敢直面生活给予的各种刁难
繁华尽头终落寞
独自行走薄凉岁月里，怀揣温暖
恰如西山斜阳余晖中那层林尽染的红叶

乌梅，味酸涩，性平
归肝、脾、肺、大肠经
生津止渴，敛肺止咳

第四辑 DI-SI JI

达地知根

黄连苦噢

岁月，总是
把一些苦寒
刻录在你的灵魂里

黄连，躲在树荫暗处
在瘦弱的枯木之下
战战兢兢，熬上五六年青黄
如同一个白发苍苍的老头
打开陈旧的录音机
反反复复地
听一句话
良药苦口利于病

黄连，你真能化解时间之毒
泻去人间之炎火
燥干黑暗之潮湿
是什么，才让你如此自甘其苦

相邻而长的玉竹与黄精

武冈的一个药园里，一块大田
一条排水沟，分成两半
一半栽种玉竹，一半栽种了黄精
玉竹与黄精除眼神交集外
沟渠成了旧时小学男女同学课桌上画的三八线
不得越线，不得肢体接触

多年后，小学期间经常肢体冲突，摩擦不断的同窗
男同学张军与女同学刘妍
在他乡相遇，二人异常亲切，互称兄妹
只因是同乡，只因是同窗

在亳州的中药材商品交易中心
相邻的交易柜台上
一台摆着黄精，一台摆着玉竹
一个老板吆喝着，这是湖南的地道好货黄精
相邻的另一个老板跟着喊道
这也是湖南产的玉竹，真正的地道货

这两个老板如同小学同学张军与刘妍一样
他乡相遇，倍感亲切
只因二位老板拥有了湘产地道药材

老农与苦参

苦参清热燥湿，杀虫，利尿
有人说苦参以清为补

苦参又称凤凰爪
叶极似槐叶，花黄白
十分美丽如只只彩蝶蓄势待飞
生存条件极低
风一吹花开，风一直吹就长成葳蕤
但岁月精华都留存一身
而把所有的苦寒悄悄地留给了根
不让人们瞧见

一位老农在溪旁挖掘着苦参
老农饱经沧桑
皱纹横生，身体佝偻
仿佛泡浸了人间的风霜与疾苦
如苦参的根，味苦，性寒，归心……
活成了一味良药
而心灵如苦参花一样
美丽，却藏在生命的深处

茯苓的一个囫囵觉

7月起，茯苓就躺在凉意的土中
直到来年6月醒来，发现
人间没有变
但觉得自己多了一点什么
也觉得自己少了一点什么
初夏还在
日子如此悄无声息
花开花叶风吹树影
布谷声声，夹路桑麻

茯苓躲在土里，没有耿耿于怀
一年的不知不觉，不见日晴，不见雪霜
睡梦中放弃了所有的偏执
得之坦然，失之淡然
所有的最好，都不如当下的刚刚好
从而酝酿出茯苓的性格，超然于物
味甘、淡，性平，不温不火
可堪大任
宁心安神，利水渗湿，健脾补中

有谁懂得黄连的心

黄连救人无功，因为黄连苦
人参杀人无过，因为人参补
谁懂得黄连的心
你说黄连苦，有口说不出
你说黄连廉，廉得立身于野草中
你说貌似鸡爪，空有吉祥之意难抓钱

黄连的苦，黄连的清、泻、凉
黄连的种种“恶”
让多少人避之不及，多少人
宁可在甜言蜜语中迷失
也不愿意在忠言逆耳中重生
能让一个人明白的
不是道理而是南墙人
能点醒人的不是苦口婆心
是磨难，是棒头喝

黄连的廉与质朴
让多少人瞧不上
有谁能知单相思的苦
爱之极深极苦，最终付之东流
处世不得图虚名

一箪食，一瓢饮
唯有心安才有福
万事万物不求奢华亮丽
浮光掠影终是空
人有难时施援手
胜过事后一堆甜言蜜语
能言不是真君子
善处才为大丈夫

镇山之宝

龙山一山全是宝，不说
奇珍异兽，满山的灌木乔木
还可以做柴，也可以做栋梁之材
新邵与涟源两地的人们
都骄傲地说
药王庙是龙山的镇山宝
龙山便叫成药王龙山

我与老药工
龙山的一个山坡上的两片枯叶
半坡的百合，夕阳下
是黑暗中最亮的火花

不，还须仔细端详
百合能养阴，润肺，清心安神
是月光散落在
大自然间的天使
善良，贤惠，柔美，温暖
没有黑暗，没有邪恶
又如儿童的瞳，如少女的泪
如盛在透明窗柜里的琥珀

为了评选龙山镇山之宝
有人把百合，还有
人间美丽的女人
登记造册送给造物主阅览
造物主看后吩咐说：
给最善良最能干最聪明最美丽的女人发个短信吧
让她永远年轻快乐幸福漂亮
至于药王龙山的镇山之宝
就交给那些短暂盛开却长成琥珀的百合花吧

龙山看玉竹去

五月的风，吹过龙山上的玉竹花
一阵钟声，从岳坪峰传来
如雾缓缓地在我的心灵凝成粒粒露珠
滋润我的灵魂

一个人若爱上某个人，有了某个嗜好
这一刻起，孤单就开始了
看来孤单的人真不少
你看，这一畦玉竹四周漂泊了无休止的足印

你看，五月的风一不小心
被阳光抱住的玉竹
一根一根斜着
慌乱地盛开了
和我拥挤的玉竹
还有一群蜜蜂、蝴蝶
蜜蜂迷糊地哼唱
蝴蝶兴奋得有点飘
大家都忘了喧哗

玉竹，味甘，性微寒
养阴润燥，生津止渴

牡丹落尽正凄凉，芍药笑谦谦

人们给了玫瑰很多故事
给了菊花很多寓意
也给了牡丹“花王”的雅称
顺便也给芍药“花相”了事

芍药是闺中少女
春秋时代芍药曾是今天的玫瑰
她曾装饰了春天最美的郊游和少男少女的相约
只是不似牡丹庄严与无情
芍药多情，不与春天争俏
只是礼教盛行，女人深锁庭院
少男千年困惑，欲将芍药赠何人
芍药寂寞开放，寂寞凋谢

牡丹花若是杨贵妃
芍药花便是史湘云
一个是雍容华贵
玉石为骨，玉屑为汗，媚中含威
一个是娇憨可人
芬芳、青春、可亲
那么就让芍药
心无旁骛做好自己

养血调经，敛阴止汗
柔肝止痛，平抑肝阳

有了瑕疵，美玉才更完美
芍药，是谦逊的
将离、殿春也是你的雅称
一杯酒如果斟得太满
岁月长袖轻碰
便洒出了斜阳，坠入深夜
未满或缺似是顶好的光景
我已看到暮春夏初之际
那原野中，阳光下，你的倩影
“温柔一同女，红红笑不休”

黄精，玉竹，湖南人

龙山药王庙的门匾
湘南孕育
不知指人还是指物
这山出品的黄精、玉竹
精灵如一对仙子
黄精如金童，玉竹如玉女
仿佛大地用最好的乳汁喂养了它们

岳麓书院对联，有一句
“惟楚有材，于斯为盛”
点出了湘人的自豪
一群湖南人，半部中国近代史

一方山水养一方人
我注释湖南恢宏气势
真有点力不从心，讲不清
湖南崛起欣欣向荣的根
就交给地理史学家
俯瞰下的湖南
依然水秀，依然山清
湖湘孕育，依然盛产

葛根，一群山里娃

葛根生长真不讲究条件
路边，草丛，山坡上
风牵叶长，绿遍山冈
日陪野草山花，夜伴山风月光

万物如人，人们成长都向往
自由与清风，鲜花与皓月
谁都见，葛根生长如人长
一路风尘与雨霜
一路世故与羁绊
一路磕磕碰碰
满目疮痍，如偏远山里贫困的孩子
在艰辛生活的黄土里刨食
在孤独苦涩中坚强

换来的依然
似清新的阳光
似山雨蹦蹦跳跳
似露珠清澈纯净
换来了葛根的延缓衰老，增强免疫力
改善血液循环
调节内分泌，清痢解热

长在乱石上的黄精

一株黄精像个游侠
终于落草在山顶乱石堆上
繁昌起来
一丛丛，一簇簇，枝叶热闹
把这堆乱石团团围住
芟除枝叶，乱石五颜六色
乱石太过破碎
黄精用偷来的日月光小心缝合50年
黄精根须已把乱石绑成一块磐石
如一块五彩石
补住了大地的一个漏洞

剥出来的黄精
似一大团很糟的物件
蓬头垢面、模样不雅的一坨
清洗出来，根茎掩藏在根须中
这株黄精根茎整体扭曲
粒粒结实粗壮
一定是在乱石堆中见缝插针般野蛮生长

黄精又称仙人余粮
补气养阴，健脾，润肺，益肾

《本草纲目》一路高赞
“补诸虚，止寒热，填精髓”
这株黄精心里一定留一块地方
用来守住药性的纯净
和对生命该有的热情与浪漫
没有让尘埃将它污染

望着这坨有些丑陋的黄精
仿佛面前站着一个
德才兼备，有着别样魅力的丑男子
男儿真的无丑相，这
不只是自信，也是底气十足

怀有中国人品性的黄芪

大地一定有种力量
把沙丘支起，让沙漠连绵起伏
风如一群不良青年不时钻出，裹着沙土
在大漠游荡
大喊大叫，飙着车

大漠模糊的边界上
长着一群黄芪
根深深扎在黑暗中，抓着大地
在大漠吃剩的秋风中补吃阳光，疯长
一如芸芸众生
扎根黄土高原的中国人
耐寒耐旱，深爱大地

有着中国人质朴，敢于吃苦
心地善良的黄芪
健脾补中，升阳举陷
益卫固表，利尿，托毒生肌

洛龙党参

来到洛龙镇寻找洛党参
谁也不抱怨山路远迢，从村公路下车
沿着一条剪得歪歪斜斜的林间小道，延伸
藏在深山里辟出的基地
树荫一路如溪流泠泠
踩断细枝声替代溪水轻碰岩石的声响
这里的树叶永远不倦阳光
散在树缝下正午的阳光，清新活泼
鸟雀藏在树枝上鸣啭，拨弄着树荫下的阳光，一晃一晃
阳光像冰镇过的甜饮，饮起来畅快满足
无人知道你走多久，你能感觉到全身毫无捆绑

路的尽头，一坡洛龙党参泱泱进入眼帘
有人说此地党参肉质鲜嫩
我分明看见
温润阳光下纯净无忧生长的党参
一如慈祥母亲在温柔凝视着，远道而来的我们
随行的一位老药工说
党参味甘、性平，益气，生精，养血
随行的另一位老郎中说
党参温润，食后
如神的手拂过我们的五脏六腑

甘草的甜与和

“搞”简直就是一个万能的动词
包揽一切
“do”在英文世界也是一个万能的词
中医如何非得有一味药参与
当然少不了甘草
君臣佐使之使者，甘草责无旁贷

甘草雅称国老，俗称和事佬
如国之元老调和鼎鼐，举国上下
各尽所能，各安其位
不只是如此
甘草是通神使者
它的甜与平不是苦与坎坷的相反
正像花不是叶的相反
窗不是门的相反
人们尝遍百草，不如口含一枝甘草

月季不傲霜
对不喜欢的人可以绕路走
甘草却不得不在百草左右
尝遍人间甘苦，一生缺水的甘草
在煎熬中，解百草的难言之隐

甘草没有方向，这人间的中立者
向左或向右，调和着血气
甘草至柔，谐百药
徐志摩说，爱是甘草
喝一口甘草的甜味
可解爱之苦，人生百苦

甘草一生
野草扶风，茕茕孑立
只为一生相遇相知
甘草味甘，性平，归心、肺、脾、胃经
补脾益气，清热解毒，祛痰止咳
缓急止痛，调和诸药

白头翁纯粹的梦

人间艰难，青春易逝
人们只认同，头发白了人才老
有人于是长一根白发拔一根
以致秃头
有人直接染发粉饰
即便岁月沉重，吓住不少头颅
终生不长白发，满头乌发
还是躲不过孩子们的眼睛
迎面就叫上了爷爷

忤逆光阴的白头翁
春天里开花很早
同时披拂白发
比起花朵来，更让人心生羡慕
不是老了，才叫白头翁

白头翁自信，坦然
与白头翁鸟一样
身藏一个少年梦
少年就是少年
无嘱盼，无心烦
不喜春风，不烦夏蝉

不悲秋风，不叹冬雪
视富贵为粪土
敢直面不公不允
或因年少，或因人生路长
不知年月稀

草本白头翁一头扎进
生长，无暇他顾
应了好花知时节之训
逐渐长成一株良药
清热凉血，杀虫，镇静止痛

写给白术的一封信

白术兄，听闻君将东往渡大海
风高浪急，涛惊且浪骇
且借天地二两墨
一墨叫风雨，一墨是光阴
晚霞在暮夜铺锦绣
自古高手出民间
从来杂草混良药
不齐良莠待慧眼

白术兄，你身世清苦，性情柔和
一直隐于荒野、田头
雨歇流水淌金残阳中
且借天地二两墨
一笔书尽天地四季炎凉事
再偷老君一炉药，医治凡尘俗世心

白术兄，勇敢走出杂草丛吧
坚定走出《神农本草经》吧
毫不迟疑走上中医人的案头，一支毫笔
一往无前走进药圃，一个沙罐
健脾益气，燥湿利水
止汗，安胎

一丛野生鱼腥草

溪水浅滩上长了一小丛鱼腥草
精瘦精神，如山里健壮的汉子
森林深处奔逐的狼

野外的风雨，自由
还有独立生存
是一剂营养丰富的滋补品
万物那些需要填补的空白
长出生机盎然的春天

看着这丛生命力旺盛的鱼腥草
再看着精心栽培的鱼腥草基地
冲积平原油沙地，温暖湿润
鱼腥草仿佛盆栽在一个大花盆中

一垄垄鱼腥草，如娇生惯养的学生
窗明几净，夏冷冬暖
规范化的学习、饮食
锻炼，程序化的一举一动
除让学生们的身高偶尔有点偏差外，再无其他区别
他们成了工厂流水线上的产品
少了一种冲击灵魂的灵气，一眼望去

就能看懂学生们的大致未来

温室的花朵
可能有春天，四季却不完整
短暂的一生
生命是如此仓促
青春一闪而逝
快乐乍现就凋零
走得最急的都是最美好的时光
当然也包括风雨，也短暂
终生拘束，灵魂变形

别埋汰所遇非人，所遇艰难
所遇荒凉
独守空白，有多少雪就有多少春天
守住伤痕，等待发芽，等待力量一点点蓄积

鱼腥草，清热解毒，消痈排脓，利尿通淋

郁金的生长有如孩童的水灵

中药郁金，不是观赏花
郁金香，中药郁金
有真正的中国香，香如儿童的喧哗
儿童无忌的笑闹
闯入闺房，闯入李白兰陵美酒里
酒色琥珀香高贵，最终
走入中药铺，走入熬药罐
中药郁金：味浓，性烈
和活泼好动的儿童
一样的乳名，一样的个性
也如10岁前的你
久旱后的一场山雨，清亮蹦蹦跳跳

中药郁金，如促急可爱的小孩
揣着雅黄的梦，世界如此简单
说唱着，跳闹着，一天又一天
没有烦恼，笑哭尽性，宛如
缸里金鱼不断冒出童言般的泡泡
自由逍遥
那与叶保持距离的郁金花朵
那让花不碍事的苍翠嫩叶
微风中，中药郁金让自己生活

长成了一种舞蹈
灿烂的舞蹈

郁金，一种很好的行气药
温郁金、姜黄、广西莪术
蓬莪术及川郁金
铁板一块组成同样的禀性
干燥块根，性寒，味辛、苦
活血散瘀，行气解郁
凉血清心，利胆退黄

何首乌不会主动投诚

何首乌，如懵懂无知的少女
在成仙的诱惑下
熬成了婆
一直向往做人，结果形似人
成仙成了他人的向往
急于长寿的人们，却一直视其为仙草
何首乌只得沉默着
沉默不是认同，是有苦难言的
何首乌坚持自己的禀性，依旧故我
不因人们的偏爱而投诚

当人品与人性摆在一起时
我们宁愿相信人性
任何文明都是约束出来的
空谈人性善恶无异于缘木求鱼
何首乌行善时也播下恶的种子
如人类的万物，人人或许都善良
却需要彼此设防

何首乌的根茎都可入药
块根为首乌，茎为夜交藤
临床上发现了首乌还有毒，伤肝尤甚

九蒸九晒方能有所约束
最佳规避毒性的方法
不得久服，遵医嘱

何首乌团队还是要介绍一下的
制首乌：补肝肾，益精血，乌须发，强筋骨
生首乌：解毒，截疟，润肠通便
夜交藤：养心安神，祛风，通络

半夏正好

今天是一年之中
夏天之中

是哦，树是会长圈的
历经一年光阴，会有
一个完整的一圈树轮
今天，我不能砍下树
细看那圈树轮是长了半圈
还是浅浅淡淡的一圈
那就交给植物学吧
反正那棵樟树与年前相比
没有变化

湖南有些地方很重视36岁生日
这正是人生一半，正值旺季
走在沈从文所写的凤凰桥上
这头满黑丝，另一头苍发
桥上是绿叶红花，桥下是流水人家
我想这青山绿水之间，夏季尤好
最适合牵着恋人的手

如果万物成熟比作将水烧开

人的成长也是一样
三季把水烧到99℃
夏季一季才把水烧开
半夏是最亮的时刻

光阴若比作一段如诗如画的文字
人类与光阴有幸，相遇了
每个人如一粒种子
种在这世界上
我们知道半夏是人类藏在文字里的欢喜
是我们生命的一束光
也是我们这一生
忘不了，不可缺失的高光

穿过了暴风雨后
你就不再是原来的那个人了
这很好诠释了物是人非
人一旦有了独特的历练就会不同
尤其独特时光，独特的经历
如同红军长征后战无不胜

中药半夏，不一定有诗情画意
谁这么有学问，取名响亮
配得上一味良药
半夏，归肺经、脾经和胃经
燥湿化痰，降逆止呕

低调到尘埃里的天麻

天麻很低调
觉得阳光太热闹了
为此，有人认为天麻太自闭了
开了一道处方
一瓣月亮，几粒星星
以夜色为汤液
以一生为药引
熬成一味良药
千方百计为它准备
一缕月光，几点星光

天麻，肥厚，憨厚
长相不英俊不吸睛，卑微
躲在背阴的陈旧落叶与腐败枯枝中
甚至土壤里
它与猪苓、茯苓一样
以大地为母亲

大地母亲的怀抱孕育
万物，如金子、清泉、莲藕
金子，沙子曾掩埋过
仍愿和大地在一起

清泉，大地曾掩埋过
仍愿伏地奔走灌溉地上万物
莲藕，淤泥曾掩埋过
献出芙蕖，不染污泥

黑暗并不只产生邪恶
也孕产很多美好
天麻没有飘逸的裙裾
却长出似枪似戟的花秆
无数细小花朵，簇拥在茎尖
花瓣轻柔，花朵玲珑

无根无叶的天麻
没有阳光的天麻
以大地为母亲的天麻
所需甚少
长相朴实而心地善良
却不损害它为人类的贡献
天麻：
息风止痉，平肝潜阳，祛风通络

白芷的贫穷

没有大漠孤烟
只是小园阑珊，不足一提
因为细碎！太贫穷了
没有长河落日
只是山沟小溪，何足挂齿
因为微小！太贫穷了
没有万紫千红
只是小草绿叶，何等单薄
因为寡薄！太贫穷了
没有繁华市井
只是贫村小径，何等寂寞
因为苍凉！太贫穷了
没有灯红酒绿
只是黑夜白昼，杳无声息
因为寡陋！太贫穷了
饮料没有五颜六色
只是一杯白开水而已
因为苍白！太贫穷了

我们的认知里，贫穷就是
饥饿，衣不蔽体，没有房屋
然而，最大的贫穷却是

不被需要
没有爱和不被关心

人们的印象中
白芷只是一把香草
一味辅佐香料，过量即味苦
然而简单貌似贫穷的
白芷不贫穷
白芷是一种
常见中药，也用作食物
解表散寒，祛风止痛
宣通鼻窍，燥湿止带，消肿排脓

重楼的倾诉

七叶一枝花又叫重楼，中药的魔尊
重楼一词让人演绎无限
忧愁，惆怅，失望，相思，失落
哀怨缠绵，让人
莫失莫忘，莫忘莫失
寂寞点高楼，相思登高楼，忧愁上高楼
雾锁重楼，一片苍茫
起烟了，下雨了
是为那份愁，那份相思苦，那份惆怅
烟雨间，景色羞涩，犹如
荫蔽处摇曳的七叶一枝花的清瘦

多情的人，你可明白
层层高楼困人，层层高楼是牢囚
青春年华，一如那绵绵的水流
只配七叶一枝花的瘦茎蹿长
相思无解，重楼也配合
徒生“红豆”，权做相思豆

多情的人们，要看淡经年的得失
多情的人们，要拿得起放得下
多情的人们，要明白重楼的苦心

10年的漫长岁月
在空中塑建七叶一枝花的形象
寄托人们多情的倾诉
很热闹，虚无
同时悄悄地把自己最后的倾诉藏在大地中
很寂寞，真实
这是一味起沉疴疗痼疾的良药
重楼：消肿止痛，清热解毒，安神，凉肝

朴实效宏的地黄

地黄，你还有很多绰号
十分符合你
一个隐逸于山野、民间的高人
孤独，安静，自由自在

未听闻你医药声名时
人们眼中的你是
纯朴的瘦驴，被拴在黄土地的贫瘠上
让出本应均摊在
自己身上那部分的阳光
隐没在随处可见
荒凉的，暗淡的，旮旯里去
你甘之如饴
贫困中微笑
卑微中歌唱
亦如一个时光的拾荒者
推着破旧的小车
躲在老街偷乐

没人能明白你的理想
为了什么，为了谁
苟活到底，或许

满世界彻底寂静之时
你才可以真实听到
自己内心的声音
其貌不扬的你
成了儿童眼中的父亲
伟岸，无所不能
成了孩子们的启蒙老师
多么有学问，有权威
成了八级技工
手巧，专业
再难也手到擒来

地黄，朴实的名字
一生最靓的时刻，四月的你
茎梢缀满了筒子花
羞涩的红黄，朴实无华
花香没有，草香淡淡
风一吹便无影踪
你并不在意自己的梳妆打扮
你是埋头苦干的劳动者
劳动之余
沉思自己为何流落人间
悲天悯人

地黄又分为生地黄和熟地黄
生地黄味甘，微苦，性寒
凉血清热，滋阴补肾
熟地黄味甘，性微温
补血滋阴，益精填髓

憨憨的藜芦

不要瞧不起“葱”
轻蔑说“你算哪根葱”
有一根葱，别搅乱，一不小心就，没好果子吃

世界多蛊惑，越美丽越有毒
鲜艳的毒蘑菇，漂亮的野山果
这葱，憨
胖胖嫩嫩，清纯憨态
抚摸再三，真想拥之入怀
藜芦如河豚，外憨内毒
中药书上的“十八反”特别警告
不得轻易与藜芦交朋友
藜芦与参类中药是仇家

外有一份清纯，内有一份锋利
毕竟是江湖中的武侠
投“毒”，用“毒”，又敢为民请命
藜芦是一味药，凡药都有毒
用对了治病救人，用错了伤人害命
藜芦，味苦、辛，性寒，有毒
归肺经、胃经和肝经
涌吐风痰，杀虫疗癣

中药三七的境界

三七，不巧
是哲理包含了你
还是你填空了哲理
一组寻常的数字
参透无穷蕴藏
道曰三生万物鸿蒙辟
佛云七宝结晶定国安民
三魂藏诸玄冥，七魄附着人体

三七，不巧
人生短促，心房很小
不能太满，太长
三七开，便好
三七开，是人生的制高地
三分选择，七分放下，方可
拿得起，放得下
三分糊涂，七分清醒，方可
游刃有余，远离危墙
三分做事，七分做人
让人舒服了决定你人生抵达的高度
三分得意，七分失意
吃得苦中苦，方为人上人

三七，不巧
养生也是，三七开为好
三饥七饱，三荤七素
三凉七暖，三闲七忙
三忧七乐，三别七伴
恰如中药三七功效，恰到好处

三七中药的境界
李时珍称为之“金不换”
民间亲切称之为“山漆”
中药三七自古便是金疮要药
伤口涂上迅痊速愈
不留一丝缝隙，如裂缝刷上了油漆
以三七为君药的多达三百余首成药
不知是三七药用境界
还是药力宏大

三七，活血止痛，消肿散瘀

虎杖的虎威

彼岸花花开彼岸
彼岸花叶长此岸
花开不见叶，有叶不见花
是谁在怜惜彼岸花
拄着虎杖
骑着海马，乘坐舟车神佑丸
此岸去彼岸，一路蜿蜒
开花时携着叶，有叶时携着花
期望花叶二相见
奈何早已佛预言
花叶生生世世永相错

不要责备虎杖的软弱
也不能让虎杖软饭硬吃
虎杖名字很凶，
绝无拉虎皮做大旗之意
杏林中，虎杖一味
专门打老虎的杖
药王孙思邈用虎杖降虎
老虎一生追随，甘愿为坐骑
古人视恶病为虎狼
来势汹汹之炎症急病为狼虎

比如白虎历节，就是痛如虎咬的风湿关节疼痛
虎杖可败六腑恶毒，清五脏炎热
不愧是一条神仙的
打虎杖，驯服诸类老虎

中药世界里，谁掌握了虎杖
谁就握住了广谱的
消炎药、解毒药
还有广谱的
止痛药、安神药

虎杖苦寒
利湿退黄，清热解毒
散瘀止痛，化痰止咳

野山参的修行

自从仰韶文化的点化
5000 多年来
野山参就藏身于莽莽的长白山
闭关修行
修行成了一味道地
《神农本草经》上的上品，人世间的珍品
修行成了一个自豪的
标志、门脸、中国元素
甲骨文上留痕不灭
终不负
5000 多年不变的诺言，其药用精髓
始载于《神农本草经》
主补五脏，安精神，定魂魄
止惊悸，除邪气，明目，开心益智
久服，轻身延年

自此，历朝历代以此为证
野山参毫不迟疑将诺言
放入修行之中
以消除疾病来成就健康的唤醒
5000 多年来
为解救人类健康的一时之难

注定要承受所有的风雪之苦
5000多年的起起落落，升降沉浮
才有力量参与救赎的伟大

采挖野山参
一种修行，跋涉千里，历尽磨难
一场勤勤恳恳追寻壮丽的仪式
隐道于无形，无道亦有道
尽管锤炼，一千次，一万次
难得有一次能满意一切磨难
那野山参曾虔诚参悟日月
熬尽夏热秋凉冬寒
岁月早已镀上雍容淡雅
注定这野山参是
健康长寿殿堂最诗意的花
生如尘世一草落地已注定
百草之王

坦然直面未知的人生
才是最好的修行
采挖上了野山参是有缘人
采挖不得也要有安然平常心
挖得之后接下来
又是下一轮修行的开始

西洋参的迁徙

几经迁徙
西洋参，从美洲徙来
落根长白山，山高路远
看新世界，也在找不变的自己

西洋参怀疑着，是否
找到对的地方，遇到对的人
长白山的长风浩荡，沉默不语
西洋参本能地听从自己的内心
不妨先相信自己
才好寻找自己
长风浩荡，没能吹跑它
反而被绊倒在地
碎成熏风，温柔可亲
西洋参始入赘，后安营扎寨
以自己的神韵感动了这里的山山水水
还有，这里的人们
讲究精气神，认为
气是世界的本原

西洋参，既然
心向往，自然不惧道阻且长

既然上了“贼船”，便用心爱上这片土地
认认真真做个出色的海盗
与原居民人参
并驾齐驱，成为新一代百草王
这不够，还要拉近
与人的距离，好把自己递交出去
把积攒了很多年很多的气，包括运气
好好补给遇见的人
咀嚼生命的甜

西洋参也叫花旗参
与其他参不同。性凉，味甘、微苦
补气养阴，清热生津

人生当如党参

党参一生无争
细藤软附，无伟岸之形
争也无须争
一生甘润平和
如春雨润物，细腻无声

若譬之如玉，可能过之
却如河中卵石，圆润
亦如家乡的老井，温和
缓缓流润
一生平淡如君子
宛如教书育人的中年男老师
谦谦温润如玉
也如家中三兄弟中的老二，不争
悠然自得，一世滋润
更如邻乡小家碧玉已长大，自然，不矫作
轻熟有气质，表达出
东方女人的古韵美

党参，如隔世名居
重开门扉，透出历史积淀的
淡淡优雅与韵味

心善质朴而不自耀自炫
安静淡润，淡然泯然
怡然无所卑厌
益人而不知，济世而无痕
以其无着而化万有，故
万病皆宜，无不有效

党参，补脾益肺，养血生津

第五辑 DI-WU JI

根株结盘

白茅草平淡的故事

人世间，自《诗经》
白茅草一直不肯撤退
而我先说阳光
阳光，是天空绽放的花朵，恣意挥洒的情怀
无语言说其芬芳，说其浪漫
公正，无私，大爱似慈悲
阳光就是佛，任何回报赞美是
渺小的，可怜的
不起眼的白茅草
有着强烈求生欲，不甘沉沦
紧紧抓住缕缕阳光，依偎在阳光的怀抱中
和风中，肆意在荒坡上
不择贫瘠的蔓延
无畏，嚣张，跌宕
如同贫穷家倔强的孩子们
一股疯狂天性，席卷荒野山坡
有着天堂般的宽广，如天军纵横捭阖

十里山坡，没有树
茅草，一丛丛，让夕阳深藏，与杂草混合
彼此来回淹没，弥漫尘世漫卷的沧桑
伤心人坐在山坡上，人们看见

他望着远方渐渐没影的夕阳
夜晚静悄悄爬上了山头
孤独的人坐在山坡上，人们看见
他看看远方白茅草在无望中憔悴满地
大夕阳默默地罩着
一个人孤单地坐在那里

秋风是一把老镢头
吹一吹，故乡的老屋就低一次
屋顶上茅草稀稀疏疏，如父母稀疏霜色的头发
毛毛雨是谁前世今生的眼泪
被风吹得七零八碎还哭不出声
一个老农迎着倾斜的风走着，身影模糊

但这些不是白茅的性格，它一直保持
简单原始自然的快乐
不忧虑自己身处江湖之遥远
不虚慕他人身居庙堂之崇高
风雨摧残，风云变幻
心中总装有童真的梦
如果满坡的白茅草能连成片
他们就摇曳着樊梨花统领的旗帜
浩浩荡荡，犹如千军万马

人非人，草如人
人单纯天真，卑微如草
不学藤，绝不攀爬如白茅草，箭立如矛
白茅根：清热利尿，凉血止血

白薇的蕙质兰心

白薇若用作一个女人的名字时
诗意顿生盎然
知书达礼，诗才一定超过容貌的
丰富的内涵溢出，盖过外延
独得蕙质兰心，谁把一雅称用在一株
初看起来质朴的花草上
真有点粗心草率
你若久留一下
一股透过灵魂的异香
风起的时候
连你也会觉得这是
中药白薇自己
制造了风，此时
你，还有白薇，也都会觉得白薇
绝对是，一个风姿绰约的美人
质朴的山地上，竟飞出凤凰
一株最不起眼的草
是白薇的精气神，唤醒了那些虚热证者
在体会过青草独特服务的
医患者的眼中，白薇是一株最懂报恩的中药
味咸性寒，入人体的肺、肝和胃经
清虚热，凉血止血，利尿通淋

不敢言弃的麦冬

麦冬是谦卑的，低矮
如同一茬接一茬的民众
麦冬又不肯做个旁观者
草草一生
位卑未敢忘忧国
不负生命的绿
无论何时何地墨绿，用一生一丝不苟
大地严寒冰封
敢与小麦相呼应
坚持一轮轮春夏秋冬
不曾半点放弃绿
以致，被人误认为小草
赶到路边
查漏补缺，点缀绿化

麦冬，天然随性
随遇而安，一缕阳光就灿烂
一生兢兢业业，贴着阳光
在灵魂深处染绿自己
把阳光凝集成
一束束高挑的花穗
如群群妩媚少女

一袭紫色碎花般的裙子
小心呵护着易碎的梦
阳光若蔓延开来
紫色花穗，油然而生
一种慵懒的浪漫
麦冬不会让阳光浪费
将阳光还深藏在
一颗颗蓝色宝石中，晶莹可人
也深藏麦冬的草丛中

似乎那亮丽的阳光用得差不多了
剩余的，麦冬小心翼翼地
包裹着，塞在地下的块根上
一点点地膨大如麦粒，这是一味
人间的良药，中药麦冬
具有很好补气的功效
养阴润肺，益胃生津

怀抱柴胡，与人间彼此劝慰

游在海水里的海马
仰望雄鹰翱翔蓝天
恨自己不能天上飘

走马槽的尽头只是头驴
当年唆使菊花杀百花的黄巢
大本营独守那破碎的留白

这里的云雾是花，朵朵娇
与开着黄色花的柴胡
混成一幅无垠模糊的油画

山上的灌木慢慢高
这里的连翘初见人
大青叶它们还将独善其身
络石藤的幸福茁壮成长不过石膏高
蚂蚁梦想踏平坎坷
千里光播撒盐碱地
蜈蚣挣扎只在沼泽

是什么让你淹没在这片迷茫的大海里
成了无依无靠的浮萍

是什么让你颠沛在世界的某个角落
无奈与山岚知母为伍

山中几日，俗尘一生
没有人知道你采了一束柴胡
怀抱胸前，仿佛抱着同病相怜的人
正像此时
我和人间彼此劝慰

延胡索，紫罗兰的春天

比起身体疼痛，人们在意
心理性疼痛
仿佛无药，仿佛无解
梦碎了，心痛
失恋了，心疼
亲人离世，悲痛
生活不公，痛了
虎豹豺狼多了，疼了
流水中蚂蟥多了，疼痛了
口是心非的人多了，上当受骗多了
土地没有了，饭碗没了
包罗所有无辜的悲伤与惆怅
无一不是疼痛
无不顿足捶胸

赤裸裸的那些春秋
生命的那些呓语
成了片片落叶，全都飘零
唯见斑斑点点，消逝在光与水中
再坚强，打不死的小强
也只得独饮一杯生活的苦涩
这是人间规律

大江东去，挽留不止
只有时间是良药，心宽是良药，格局是良药
延胡索止痛，却治不了心痛

延胡索小巧玲珑，是大地之雾
如少年懵懂，未知人事之疏
长着片片小蓝紫花
装扮了紫罗兰的春天
行血利血，疏气化瘀
调理月经，疏通经络
行动迅速，果断有效
荆穆王妃不担心心痛
华老不担忧痢疾之害
典型的一味活血丹
名垂历代本草

延胡索，活血，行气，止痛，常用于治疗

胸肋疼痛、脘腹疼痛、胸痹心痛、经闭痛经、产后瘀阻、跌打肿痛

前胡也叫白花前胡

没有什么
比前胡的花，更像
苗族姑娘诗一样的银头冠了
洁白无瑕，银光闪耀
那银佩响铃，不只在她们舞蹈中才响起
人们借此
携手走过了一道道山水
铃响声前呼后应
络绎不绝，永不失散

比白雪更纯更亮的银饰
早已为苗族人的化身
一种精神力量
无银无花，不成姑娘
早已化身为
美好，财富，吉祥，幸福
一种避邪的神物

那美如银饰的前胡花蕾
还未长成时
药农们就忙不迭地前来打顶
他们说，这样长的前胡才是真实的白花前胡

不画花朵，只画更大的根块
不写美丽，只写药效
原来中药前胡的花需要长在暗处
中药有时不需长翅膀的风景
需要实效
一朝梦醒更扎实

前胡是一种清热化痰的中药
清热，化痰，散风，降气

贝母的心声

卫国许穆夫人曾借你解忧散闷
故国灭亡，亲人被害
想借你如钟之花
那钟咽下了万种心声，酿出一个生命的绝响
回复命运的无奈，不公
惊天动地地穿越古老的时空
远逝，远逝，远逝
3000多年空旷、浩大没有共鸣的死海里

不，许穆夫人一定
采了虻，食了虻
可能没能散了闷解了扰
但诗如秋，发不了新树芽
扫荡一场落叶
诠释了心中的愤懑，诠释了抑压不住的力量
冲破忧闷的樊牢重壁，看见众神死亡的山坡上
一片无垠的贝母花

药学不同于诗学，川贝母
润肺止咳，化痰平喘，散结消肿
治疗肺虚久咳、虚劳咳嗽、燥热咳嗽、干咳少痰
瘰疬痈肿、乳痈等

一堆秀才式的薤白

如果古代读书人，能够分类
廉洁的举人与进士可以自喻莲藕
秀才便是薤白了
悄悄地匍匐生活在广袤的原野上
不论贫瘦，肥沃，山坡，草地
暗紫色的小花，通年的叶绿
茎与果十分洁白
不染半点污泥，唯染有书卷气
有点傻，有点过腐之气

古代中国的读书人
一生如同薤白这样
一路埋头前行，不问前路是否
风雨，阳光，茫然未知
也不懈怠停步
也不顾念是宠是辱
一次一次又一次冲击金榜

一定是薤白教会他们
如何宽胸，理气
薤白味辛、苦，性温，归心经、肺经、胃经、大肠经
温中，补阳，理气，散结

茜草的传说

柔弱的茜草，弱不禁风
茎上的倒刺钩爪
牢牢地扒在被缠绕物上，乱成一团
自己和被缠绕的树木都失去了形状

柔弱的茜草，却是一个狠角色
3000多年，中国的谈情说爱不离它
一坡茜草，便有咫尺天涯
多少痴男痴女，早知此生相望难相见
染了多少泪痕斑斑

茜草还有一标签染色，广为人知
是染绯的极品，奢华而低调
接近橘红色，土红色
如同婉后一生
步履坚定走向权力深渊
却不忘袅娜
《汉书》说，谁家种植了
千亩栀子、茜草，富甲一方
可与千户侯平起平坐

珍稀还整齐的茜草，新发的茎上

每隔一段距离就有四枚叶片轮生
规矩得如指南针刻度
珍稀还无私的茜草
一味全株均可入药的
良药，如同它的染色一样
谦卑而无言张扬，最是人间真颜色
茜草味苦，性寒，归肝经
凉血活血，祛瘀通经

石菖蒲的高志

菖蒲生于山中幽野，什么时候
被人们置于案头
以寄高志
这不是故作高攀
谁可坚持一生始终翠绿
谁的灵魂一如菖蒲之香
文雅、深沉、悠远
又如是西方灵河岸绛珠仙草
转世真身的林黛玉
聪明伶俐，又孤标傲世
到头来，无奈承认
人是泥做的
怀有一腔细小的人世烟愁
案头上的菖蒲只是用作
遣闲情罢了
莫道幽人无一事，汲泉承露养菖蒲

事实上，人们常常忘记
菖蒲还有另一种高深的功夫
让人佩服又望尘莫及
菖蒲性味辛、苦、温，归心、胃经
开窍豁痰，益智宁神，化湿开胃

商陆的迷途知返

商陆，其名神秘而和谐
商陆，古老得可追溯至史前数百万年
活化石，悄无声息
在岑寂的陌野上独自行吟
甘于平淡，了然无闻
前生后世，依然故我
三季茂盛，尽显其夏的青葱
一串串细碎白色小花
如日式小旅馆
抱着青色微缩的南瓜，微风
不知疲倦酝酿一柱柱深紫野葡萄
饱蘸胭脂浆汁
涂红了童年的指甲
染紫了一个秋天

商陆，或许你一生没有任何欲望
从不乞求于人，只企望抵达宁静
却从未躲过喧嚣
《诗经》“我行其野，言采其蓫”的吟唱
“商陆火添红，屠苏酒浮碧”的情景
你成一个神秘的图腾
你有独门暗器，你被认为是个狠角色

牵挂着萎缩的灵魂
把冷艳交给鬼神
啼哭着追着月夜
一路奔跑，预告前方的迷雾

这些如此的放浪形骸
如当今不良青年做出的
荒唐，鲜明赤裸，直接而刺目
但医家之眼
如同时间的认识，大自然
从不认为谁是多余的
于是冷眼旁观，静静地等商陆
闹够了之后，终会安静
那就开始做些正事

商陆以其根为药
苦，寒，有毒
归肺、脾、肾、大肠经
内服，逐水消肿，通利二便
外用，解毒散结

对红景天的钟情

我们曾高寒相遇
偶然，冥冥之中
注定我命中有你
你是我的光，否则
谁也不会走那么远
一路风雨千万，才遇见你的那丛红

连夜的风暴把我隔在山下
风暴过后你一去不返
我偷偷攒下了五个春夏秋冬轮回的心事
来不及与你细说，在你前一轮离开的前夕
噬脐的遗憾，唯让缕缕风，一次次掀起
也让厚厚的雪，一次次深埋
你的孤独或是持久的狂欢
我的孤独却是盛大的忧郁
在温暖的南方我藏在窗边的月影中
消磨沉甸甸的夜晚
何处能择一处屋檐
屋檐下与你彻夜攀谈

一捧玫瑰花，抱着
从一个夜晚闯进另一个夜晚

没有一季光阴肯收留我的思念
5年的连续，灯一亮
夕阳便翻过了山，我抖落肩头
万万年难融的积雪，深情叩问人间
一遍又一遍，我的忧伤
有一粒沙尘到一颗星星那么久那么远
回忆的风日复一日，在我梦中游荡
不知能否绵延到你盛开的花红

此后每个日子都值得怀念
日夜两千个，时至今日
我依然望眼欲穿，依然诉说无穷
全都裹在这短短的诗句中
你若读到，便是我们的见面
我心律动，如同跳跃在雪山脚下愁湖一片
比如纳木错湖，在每个相遇的瞬间，永远为你汹涌着波澜

今天，我又要动身去西藏了——
我相信，我们会再次偶遇
过去的倩影只是沉默，依然鲜明
高山下的河流可能雏形未定
心爱的红景天，见到纳木错湖水便让我想起你鲜嫩之外的纯净
此时整片当惹雍措一定是与你共浴蓝天
山上岩石隐没，草木丰盈
包裹你的晴空，如此光明灿烂
如此用心，如我留下的诗句
随你一生艳丽

白及的诗与远方

我们只是戏子
生活的戏子，携一身风雨
从一个剧场赶到另一个剧场
所有的戏，都是将人间事
换一个地方，用另一种语言
重新说一遍
生活的导演，隐身于各种光怪陆离
我们，看不见
空隙之际，吞一小包白及粉
让万花无颜色，却人面可桃花
胜过50克诗与远方
可又何能掩盖一脸沧桑，抵御磨损
二两光阴，三钱月色

生活中，谁能《梅花三弄》
天天萦绕
青枫浦上不胜愁
钢琴上的曲谱饮尽陆游
夜深人静，掏出心来
层层疤痕揭开，直视血淋淋
理性而残忍
而不是去喝一杯白及汤粉饰太平

药理上白及的实力很强大
去喝一杯茶吧，唯有清醒
继续晓风残月
继续轻胜马，绿意黄昏
千帆过尽，尽量不触礁

时间的脚步就这么远了
坚定而不拖泥带水
只有露落的白及花
开在山野的暗处

白及，收敛止血，消肿生肌
收敛止血药
内服，治疗咳血、吐血、溃疡病出血等
外用，治疗外伤出血、疮毒疡肿，皮肤皲裂

补骨脂的外传浪漫

补骨脂，要怎么说你
不能补骨，也不能成为文物
为何有人把婆固脂讹叫成破故纸
唐朝前后，你就从藩地爬山千嶂，南海横渡
迅速融入华夏
山水无痕，在人间
还演绎了一曲红尘爱恨
一张“破故纸”，书上
一梦千年繁华醉尘，邀人一宵饮尽
一张“破故纸”，书尽
与君相知，长命无绝衰
什么样的破故纸，缀袄可防风
冯梦龙一首《挂枝儿》
莫把我情书也当破故纸
何等低微

罢了，罢了
这只是你补骨脂的外传
尘世的寻觅
往往是从安身立命开始
一千多年，历代医家发现
补骨脂主治五劳七伤，元阳衰损

补骨脂主治四肢疼痛、肾虚、妊妇堕胎
还能治疗白癜风、心脑血管疾病

补骨脂，你真把一切
阳光雨露，天地精华
凝聚成秘密
一提起会风雨凄迷
一提起也会碧空万里

唐朝郑姻宰相，当您再次见到胡韭子的时候
胡韭子一定是一味声名高隆的补骨脂了
在神州大地上，诞生了一味很重要的中药

射干的烟火

你喜欢蝴蝶，你别去追蝴蝶
你去种射干花，在悬崖边上
我要冥想了，仿佛需要面对整个宇宙
有时，即使面对整个宇宙
也不如面对一株安静的射干花
有时，我仿佛可以像面对一株射干花那样
面对盛开的你

如凤凰起舞，如彩蝶飞舞，你是花中的第一品
我要借怎样的激情燎原，才配得上与旷野中的你对望
把一生的悲欢都晾晒在秋日下
射干云霄不可攀，有时宁愿孤独
孤独仅仅意味着你曾胜任过
一个人的春天，寂寞的一生
最终换成一季的灿烂

你依然是你，我依然是我
彼此的颜色依然是不一样的烟火
假如芳香不可以信赖，但射干的
花值得信赖，根茎值得信赖
射干性寒、味苦，归肺经
清热解毒，消痰，利咽

桔梗花，以爱谋生

一朵桔梗花，如
一首民谣，故事很忧伤
民间很穷，吉他很贵
女孩很美，男孩不配
一路青涩，一路忧郁淡淡

紫色已染，如海碎片，如蓝天碎片
高贵得不与凡花竞繁华
幽香已喷，高雅得如处士
淡居在峭壁悬崖，荒野中
裹着阳光的桔梗，为何沉默不语
似乎含着忧伤
桔梗花，你是在等待爱情吗
几世了，还未来临，仿佛
充满着绝望，又燃烧着希望
为何八月的风如此软柔
牵拉不断几世的牵挂

桔梗花，桔梗花
你的幸福如流沙
有人只能痴痴凝视你
桔梗花，桔梗花

若，蝶未来
你的风姿，为谁而绽放
你的守候，为谁而迷茫
你的忧伤，为谁诉衷肠
初开的桔梗花噢
你将春天画在谁的背影上
那爱的故事，凄美、动人
那个让你用毕生等待的恋人
什么时候才能和你在一起

一个美少年，背着心爱的吉他
路过广袤的田野时，俯身摘下
一朵叫春天，另一朵叫桔梗花
藏进铃铛花那紫蓝的裙褶里
想借此避免萧瑟、湿冷和黄昏
再浇一点儿清澈的柔情
最后，桔梗再羞涩一次
勇敢点燃永恒
与少年携手同程，从此
目光留给皓月，背影留给世人
一路以爱谋生

桔梗以干燥根为常见中药
味苦、辛，性平，归肺经
宣肺，祛痰，利咽，排脓

黄芩的清雅与坚韧

芩。小而高的山
我分明看见芩是个笑里有清风的女子
满坡的黄芩，开着浅紫的花
仿佛来到女儿国
芩敏，岑贞，岑琪，芩昀，芩斐……
惜芩，湘岑，媛芩，奕芩，璐芩……
一群，高洁，与世无争
人人纯粹清透
在旷野上漫步
与头上的星星
交谈
憨厚的云也来
逗着她们玩
清风挑逗她们
她们微笑不语

黄芩又是坚韧的
如果说黄芩地上茎叶花是
仪仗队
那么，根块就是野战队，一群
芩碕，芩玦，芩弦，芩莳，芩佺……
砜芩，鹍芩，衎芩，崟芩，鹏芩……

个个坚强，朝气蓬勃
人人孤傲善良
忍辱负重，如汉子
深沉勇猛，不露声色
藏身黑暗，荒凉
禁锢中成长
悄然绽放芩的精彩
没有他们
天地枯黄，遍地凄凉

黄芩，一味清热燥湿药
性苦、寒
清热燥湿，凉血解毒，止血安胎

刺五加的虎面猫顺

没人对你的幸福和痛苦负责
请对自己的人生负责
造物主反复劝告
还是屡撞南墙后的醒悟
万物苏醒，掌握了一堆安身立命的装备
譬如玫瑰、月季、蔷薇
为了保护自己的果实未成熟时被糟害
便在枝茎上长出尖刺
譬如枣树、枸杞、山楂等
为了保护自己好吃的嫩芽不被侵掠
也是浑身长满了尖刺
譬如长白山中的刺嫩芽、刺五加

刺五加，也不失时机地拥有
捍卫自己的武器——
刺，浑身长满刺儿的刺果棒，也叫
老虎潦、一百针
其实，它的外表凶猛，如虎
内心温顺善良，如猫
长白山之神是以猫绘虎
为让刺五加善待百姓
帮助人们度过

青黄不接，无菜可吃的
艰难时刻，刺五加的幼芽
是不准它长刺的
第一次的叶芽采过之后
才准许它长刺
如同严肃不可近人的父亲
在子女身后才慈爱如水

刺五加，一种带刺的“木本人参”
宁得一把五加，不用金玉满车
刺五加根皮入药
益气健脾，补肾安神
嫩芽为茶
一壶长白山刺五加茶
可谈山中春秋

骨碎补的缝补

心碎了三分，就陷入七分痛苦的沼泽
怎么缝
有人手脚无措，任凭噬咬
有人秋风树下看枯叶飘零
有人夕阳下，山边等待
有人月光下，徘徊，影子长了又短了
有人风雨中，踽踽独行
看看，雨线
也有过人之处，悄悄或轰轰烈烈
缝补山的寂寞，掩盖或冲洗
苦痛，心碎了，不妨
把零落的哭泣，把难解的凄楚
把心底默诵的伤感，把所有的心碎
一并交给时间，缝补，直至无心
心碎了，最好的医生是自己
心碎了，最灵的药品是时间
那么，骨折了，骨碎了
疼痛连着神经，不连着心
用什么来缝补碎骨，止痛
骨碎补又叫作猴姜、猢狲姜、石毛姜、石岩姜等
一种常见中药，味苦
疗伤止痛，补益肾脏，强壮筋骨

香附的艰辛与坚强

香附，莎草
株型纤弱，高约掌余
细叶如韭，狭长而坚
风往北吹，不敌香附北倾
风往南吹，不敌香附南歪

年轻时，我自认为是风
不屑墙头草，稍长却遍体鳞伤
才知道，原来我们都只是草
不如香附，一株
即可绵延成片，既被视作农业杂草，也难以芟除
卑微如草的我们
风吹雨打，马蹄践踏，洪水冲刷，野火荡平……
命运真如香附般苦难艰辛
也如香附，下一年的春天
依旧会不屈地从泥土沙石中钻出
昂然挺胸，恣肆而野蛮地生长
一如香附潇洒
走过一轮接一轮，苦乐轮回
香附若有心，如此折腾，不过练心而已，芬芳略冲

香附以根块为药，疏肝解郁，理气宽中，调经止痛

威灵仙的煎熬心得

万物生存不易，苦难是常态
威灵仙对此不说一字
其实，它的一生一世也是够苦的
它是宿根草本植物，喜阳喜温
天寒地坼，漫漫寒冬
它需要熬，为此
威灵仙熬的仙术是多长根
——百条根，老虎须
如野人胡须，充满沧桑与艰难
是呀，不雅的模样，挤满乱蓬蓬的毛须。却说明了
熬过去是新生，是兽
熬不过去是劫难，是虫

这世界，什么最美
是花。是女子。是风景
长有漂亮的小白花，种子形状也美的
威灵仙沉静地说
是希望
等这一切过去，春光与你共赴
所以，不急！威灵仙平静地说
希望不是太阳，是相信
太阳尚远，但必有太阳

希望是一种力量，是自信
远处虽朦胧，但已有隐隐花香

有人光是站在那里，就已经赢了
威灵仙来年钻出大地
不能说它就站起来了，赢了
只有得到攀扶，才能名副其实
铁脚威灵仙。威灵仙搀扶着站起来
抱成团。与硬物，与自己的同胞
彼此是对方的铁杆支撑
声名远播的灵仙
又叫铁杆威灵仙，也叫棉团铁线莲

熬过苦难，会迎来幸福吗
只有威灵仙自己知道
草木葳蕤、生机蓬勃
一切缄默

威灵仙味辛、咸，温，归膀胱经
祛风除湿，通络止痛，还善治鱼骨鲠喉
辛温走窜，走而不守，尤善通络止痛，威猛灵验

白术的立场

中药若名带“术”，很是了得
苍术沾了白术的光，还是相反
古时候统称为“术”
白术是一种有立场的健脾药
必生长在灵山薄雾中
人们千请万请，白术才答应
屈居平原。但还得有仙气，灵气
弥漫如薄雾，否则
那些自言为仙中之人，是不肯
反求于白术

生命若失去健康，便陷入黑暗
更深的夜，若无垠里有白
是要求如白术之类的术
白术没有拥有
古老的炼金术
也医不好弥留的残月
也没有巨大的本事，对此，古人曾高估
苏东坡饮用白术茶时，感叹其昂贵
温顺是白术之术的底色
它还紧紧抓住健脾益气之技能
脾足后天之本，追求长生

道家辟谷
还是要喝白术茶以养生
这山精聚拢了天地精华，还有它的
心肠太软

人之身心，光影伴生
健康如光，疾病如影
光为影之所不覆
影为光之所不达
白术之心拥有一团亮光，如春光
投之于人，便稀释人之黑影
让健康的人生不为黑暗吞噬
冰冷就会加热，重新修补长城
不让机体穿过长城讨生活，动员
自身力量去抵抗，不再赤手空拳

白术，“脾脏补气健脾第一要药”
主归脾胃经，健脾益气
燥湿利尿，还可止汗、安胎

高雅的郁金

天上有微云，大地有微风
郁金，仿佛坠入尘世间的
仙子，风华正茂，翩翩回眸一笑

是呀，郁金花不如玫瑰花浓
你是陆地上的莲
有点清淡，也少了点色彩多样
显然清雅淡然
微风不忍打扰这份难得的清静
悄悄与草木耳语，谈笑
溪水，亦如深秋送别人的目光
悄悄流淌
风和日丽刚刚好

郁金，如优雅的女子，优雅而不矫作
在明媚阳光中，绽放出一朵郁金的清香
兀自清欢，兀自风雅
仿佛，就是潇湘的春风
湘江慢流，绿了洞庭清波
郁金以块茎为药，姜类药材。性苦寒
行气解郁，凉血破瘀，利胆退黄
以及活血止痛

独活是一味中药，不是生活

如果植物好为人师，授师带徒
独活、羌活这二活
便是同门师兄弟
行为举止，腔调如此一致
以至，《本草纲目》毫不迟疑
认为，他们是同一个人
或者是孪生兄弟

独活不经意间暴露
植物们的生存实际
他们是如此地孤单
连繁育后代也需要帮忙，结果忙坏了
蜜蜂、鸟、蝴蝶，甚至风
如果你潜心去了解独活的
私生活，他还是有知己的
比如槲寄生
或许他们初始为宿主寄生关系
如果一起生活
日久生情，他们互利共生
组建了一个和谐的家庭

有人说，人也是独活的

如孤岛
这不对，一个人一生
独自存活是不可能的
爱是人与人，岛与岛彼此连接
最坚实的大地
婚姻的存在是人类进化的成就之一
当然，不婚也是现代文明的进步

人类婚姻不是寄生与宿主的关系
不是共栖关系
而是互利共生关系
如何看，怎么做
决定了你婚姻内的关系
有人为了避免种种结局
一开始就偏爱独
这只是为赋新诗
强说愁罢了
在人间，独活只是一味中药
不是生活
否则，连动物生存状况也不够

独活，一味中药材
祛风胜湿，散寒止痛

徐长卿刚直的故事

徐长卿，你有很多雅名
老君须，对月莲，鬼督邮
观音竹，天竹，药王，英雄草
等几十个，我独喜欢你叫一支箭
如竹笔直，绝不弯曲

面对你，徐长卿，我不由自主地
清点着自己的骨头
看哪块弯曲了，还好
岁月只是弄脆了，碎银弄伤了
脊梁依旧直挺，膝弯了但未曲
夜深时，我一次次我把骨头拉直
码垒着，箍成一个瘦长的桶
至今未截获一滴贪天功的雨露
徐长卿噢，你又叫老君须，又叫三百根
根须深深插入泥土
吸吮水分与营养
而我，两脚酸软无力
那就让我一片落叶做只碗
舀一碗童年的水

所以你叫徐长卿

我叫谭电波
一个尊称是药王，上天梯
一个实为人间虫蚁，爬伏地上
我们都源自
厚道质朴的土地
半罐山泉，一个瓦罐和一灶毛柴
我们都源自慢慢熬煮的日子
也源自，一颗慈悲的心

徐长卿，用于风湿痹痛
祛风，止痛，止痒
活血解毒，消肿

胡黄连的独处

一个人
任何人，离人群远一点
与自己的灵魂就近一点
人与事，不相干
别请进生命，也别让外界，扰乱自己的心
人生的本质，就是一个人照顾好自己

胡黄连深知其中之味，避弃草木繁华
孤独，深藏于高山或悬崖或高海拔碎石之地
比如喜马拉雅高耸入云的山麓中
凛冽的山风盘旋，呼啸着
搅乱了云，搅乱了山姿
胡黄连匍匐着，举着紫色蓝色的花
贴地的叶聚集成莲座，端坐赤子济世之心
迎面风霜雪雨，孕育长卵形的蒴果
它的根扭曲如鸡爪，如网撒出
却深深抓进岩石密布的泥土里
阴寒中收获退虚热除疳热的力量

人孤独了憔悴，花孤独了美艳
高处胜寒的胡黄连，仿佛成就了万物之灵
胡黄连：退虚热，除疳热，清湿热

拳参的紫

拳参高举着的花朵，如野鸽的虹
如此美艳，如此罕见
只属于天地，只能用以稀释圆润的鸟鸣
缀挂晶莹剔透的露珠
不屑于人间以盆为裙，不屑于人们以玻璃为南墙

来自拳参也叫紫参的
紫，仿佛可以，稀释人间最深的绝望
粉红，幻稚，没品位
大红，是强装的纸老虎
白色，单纯，辜负了时光的丰腴
黑色，太巫，唯有紫，迷人
清透，细腻，雅致，有层次
如熏风，让人感受到自由
紫是如此让人印象深刻
仿佛独开万千旖旎中的
贵气，雍容，别致，怦然心动

因为紫的沾染迷惑，以致
拳参在历代本草鉴别的争议颇多，一度
认为紫参是失传之药
拳参：清热解毒，消肿，止血

仙茅的传奇

一对情侣，面对摩崖石刻
许下海枯石烂的誓言
余音绕梁，感动一块巨石
巨石为心诚而裂，多年后石缝里探出
翠绿的仙茅，葳蕤蓬发
自此，在人间演绎一段传说

一天，一个婆罗门僧人经过，将仙茅掘出
献给头尾羸弱的唐明皇
当时，明皇身体羸弱
还不得不硬撑
朝政，长安保卫战
仙茅服下后奇效卓越
即刻列为宫禁，不可外传

补阳温肾的专药，仙茅有毒
阳气复苏同时，也伤害了唐明皇
也动了大唐根基，安禄山之乱
仙茅秘方便流入民间
流浪的仙茅草曾
泡酒壮阳，泡米泔水去毒
逐渐为医家养生专家

拿捏住，仙茅自此
抒心绪，诉疾苦，传情爱
医家文人笔下“风景”多

仙茅辛、热、毒
归肾、脾、肝经
祛寒除湿，强筋壮骨，温肾壮阳
用于治疗小便失禁、心腹冷痛
阳痿精冷以及腰腹寒痹等症

贯众，动人姿色何须多

贯众是这个星球最伟大的隐士
远古恐龙时代
地球植物界的霸主
曾经很高大，有着乔木一样的树状
阴差阳错长成草木模样
如柔弱的江南女子
阴差阳错成了远古的
活化石，以致
熊猫如蜀犬吠日
蚩如蝉不知雪

贯众乘着鸾鸟翩跹在风中
亿万顷宇宙竟沦为附庸
略展翠绿之容
无数鲜花便羞赧到浑身火红
惊吓得花容失色
贯众，渴望自由，渴望飞翔
适合迎上飓风
穿越历史尘埃
穿越春秋是非
穿越大地桎梏
却不愿落在梧桐，游荡

万千山野，孤独翱翔
千万个夜无穷后
却肖然不改颜色
遍山遍野的羽叶
演绎着大自然完美的连而不断的剪纸艺术

凤尾是你暴露的细节
浅溪的小树林，山坡上，岩缝里
是你的停顿现身
或许我寻觅已久的你
犹在镜中
犹如山洞之滴水
一滴接着一滴
连贯而节奏缓慢
回音的滴答，告诉我
你的位置，不
是你的前世往后
——无边的苍茫
是你的隐藏
——你与生俱来秘功

贯众味苦、涩，性寒
归肝、胃经
清热解毒，杀虫消积，凉血止血，润肺止咳
用于流行性感冒、便血、慢性咽炎等症

独立的紫菀

紫菀，一朵长在
悬崖峭壁的石缝中的花
遗世而独立，浅浅的紫
高贵典雅，沉静忧郁
像夏日夜晚的温柔梦境
悄无声息地浸润，俘获
你的心灵

多么泥泞破碎的世界，也能盛开
温柔的花朵，是不是只有爱
把心弄碎，弄出裂缝
这样，才便于想你的种子
生根发芽，开出了梦里朵朵绚烂的花
如同生命有了裂缝，阳光
照射进来
生命才能更生命，旺盛

爱非得如此沉重，痛苦
谁有苦思的解药？一服药
九月重楼二两，冬至蝉蛹一钱
煎入隔年雪
真，可医苦思之苦

重楼七月才一枝花
寒蝉深藏三尺地
除夕子时雪，落地已隔年

看看长在悬崖上的紫菀
赏重楼，听蝉鸣，沐瑞雪
岂不快哉
开着自己的花，爱着自己的宇宙
保持热爱，享受孤独，人间自有鲜花救赎

紫菀：下气，消痰，止咳

沙参的安然若素

沙参，全部要做的便是
站着，举着紫色的花
不忧伤
热忱，简单，像大地那样
顺从于四季、光、黑暗、风雨、生命的一切
宇宙的一切，安然若素

这没什么
太阳与月亮会帮着，数着岁月
一段一段切分
站在大地上不移昼夜，便是
不去弯腰，春天就会来的
坦然站在秋风里
叶零乱，花颤抖
站着，安然若素

一场雪，不要去问
为谁而下
迟到的冬，还是早到的春
我，坐在风里
等三月，安然若素

日子是一幅画卷
不要只描绘松和山川
从容经意的留白
胜过局促的烂漫
岁月是一条脉脉的流水
我期盼
没有激湍，没有波澜

如果只给我满天的晚霞
我，坐在夕阳下
独处一隅
安然若素

沙参：养阴清热，润肺化痰，益胃生津

山药的坚硬

鸡蛋碰石头
柔软之物都怕坚硬的什物
一株草战战兢兢
害怕着
随时横扫而来的刀锋
但不害怕很强劲的秋风
一季猛吹狂摧只是改变了颜色

不过，无惧刀斧乱砍
例外的有
月光，流水，春风……
还有山药的块茎，土壤中埋藏
短暂的一生，遭遇
无数外部的尖锐攻击，挤对

很多年，人们不知道山药的块茎
是用什么材料做成，具备如此力量
用一层比纸还薄的皮
浅黄带灰，硬不如蛋壳
包裹一柱乳白色黏糊糊的汁液
清澈不如蛋清
结果，不如鸡蛋的山药块茎

或直插松土，或包着岩石
直奔黑暗深处
不改耿直，队形整齐如一支铁军
胜过水与光的渗与绕，柔和
如同浸泡在内心的一粒粒种子
如恨，如爱
坚硬无比，绝不模棱两可
分明如近在咫尺却如隔天涯

山药：补脾养胃，生津益肺，补肾涩精

天门冬的慈悲

天门冬，你是朴实的
随便择一地就择了一处清幽，蕴养从容
岁月将《辞海》翻了个遍
只找出“慈悲”来描述你

你看，小径两侧你寂静地长
叶细细扎扎密密
朵朵晶莹剔透的白，如小姑娘的牙
夏秋时挂满了瘦小的慈悲
寂静的天门冬，单纯得无任何芬芬
没有半点魅惑，无人驻足，包括喜欢的蜜蜂
还有逢人搔首弄姿的蝶舞

天门冬，只是一年年生长，青了，黄了
等待一季花开，孤独地盛开
等待老虎尾巴根，长出山百根
根根如佛指，慈悲浸润而来
念诵般若波罗蜜多
唤醒他人内在、慈悲的力量
疗愈他人的创伤
天门冬，中药材
养阴，清热，润肺，滋肾

大蒜的实在与坦然

矫情的水仙
水仙的浪漫，天时地利
没过期时，许多家庭
都买一盆水仙，放在温暖的屋里
期待着花期，不早也不迟
水仙花真会抓住时机
新春那日遇水，成仙
她的矫情，博得了人们的喜爱！矫情
真是长得好看者的通行者
也是丑陋者的墓志铭

大蒜，是中草药中的“鲁智深”
但，我却信奉大蒜头也是仙子
遇水成仙
同水仙花一样，长的是同样的皮囊
伸展着一样翠绿窈窕的叶
难道不是一个爹妈生的
水仙花在新年那天如怯怯的林黛玉般娇羞盛开
大蒜苗在那天被人家切碎炒了菜
然而，还是有人不喜欢遇水成仙的
水仙花，太矫情太娇弱
仿佛谁娶了她，便是谁一辈子的负担

虽然如林黛玉那样会作诗，会舞文弄墨
大多数男人还是娶一头大蒜为好
没啥仙气，还有点味儿
却是健康的味道

泼泼辣辣才叫生活
土里长泥里拔才叫岁月
水仙花，你惊艳了几多岁月
却中爱不中用，随时过期
蔫塌塌悄没声地走了
陪随我们的大蒜
一直不会中途退场，生活中永远有大蒜
餐桌子上，厨房里，药铺里
同一个爹娘
生了俩姑娘
一个孕育着幻想，茫然
放大了人生中的许多不易
一个洋溢着激情，坦然
怕黑就开灯，想要就全力争取
一个是天上的星，一个是地上的葱

大蒜属于药食同源，味辛，性温
归脾、胃、肺经
解毒消肿，杀虫，止痢

附子，侠骨柔肠

绽放着紫蓝花朵，翩翩风度
没有人们眼中的妩媚妖娆
有些器宇轩昂，侠骨柔肠
好一个风流倜傥的美少年
骨子里清高孤傲，深藏
夸父逐日，飞蛾赴火
与撮撮小躯不相称的豪迈

人间风云变幻
人间江湖之险恶
人间江湖的腥风血雨
需要一剂猛药，需要百万雄师横渡
你放下过高的期望，也修掉了过多的小我
离开土地，来到人间
不时剥开自己
在涩苦的胆巴水浸泡，历经水火炙炮，扶持
坎中的真阳，不时搅动
血液里浓稠的部分
立志将细小的生命升华出大美
立志为健康的春华秋实着色
立志做本草的最大英雄
侠骨柔肠，催马扬鞭出征

一唱我江湖少年，初心依旧
晨曦日暮悠悠过，度春秋
不负韶光

附子，大辛大热之药
毛茛科植物乌头子根的加工品
味辛、甘，性大热，有毒，归心、肾、脾经
回阳救逆，补火助阳，散寒止痛

第六辑

DI-LIU JI

妙药生灵

猴的风骨

黄河打湿时光
黄河去了大海
时光奔向尽头，是未来，是远方

我骑着时光，与一粒沙
来到入海口
往前一步是海，是远方
这是斩铁的勇气
时光演绎
或许成为人类，漂浮流浪

我一退再退
退成一只猴
羞红了屁股，也守着森林
猿啼，攀枝，跃跳
也修行那副猴骨
细磨成一味中药

猴骨，祛风除湿，疏通经络
治疗风寒湿痹，四肢麻木，关节痛

鼠妇缩成一团

我从未看见过这个小生命活着的模样，或许
从未看过他
静静地缩成一团
一动不动，害怕一般
甚至不敢看我一眼

此刻我端上一小碗水，水含有
他赖以生存的氧气
他不是昆虫，却长成昆虫的模样
他是龙虾的远亲，靠鳃
呼吸，摄取氧气
看他一脸模样无辜
不要再去嘲笑他的猥琐
任何阳光都是干燥的，有伤害
实在离不开水，只得苟活潮湿的低处
为此，他从水中爬上岸
用了千万年时间
依然没扔掉那副腮

——我的水跑到哪里去了
鼠妇一生在旮旯处，阴暗处，潮湿处寻找
在低处寻找

带有并不坚硬的铠甲
任何声响都让他缩成一团，用来
抵御，保命

生活在低处的我们
是否也如鼠妇一样
用腮来呼吸
吞咽着汗水，泪水
那水中浸了一点叫希望的氧气
呼出应对喧嚣的阴凉
呼出治愈生命践踏的方药

鼠妇，味酸、咸，药性凉
可入肝、肾二经
破瘀消症，通经，利水，解毒，止痛等

常用于治疗疟母、症瘕、血瘀经闭、惊风撮口、牙齿疼痛、鹅口诸疮、小便不通等

马宝、狗宝、牛黄的陈述

世界，正努力从混沌中剥离出来
比如说，真正的花朵
来自幽谷
比如说，供奉塔尖的是
无名的舍利子

马宝，狗宝，牛黄，成为舍利子
并非需要一把火的焚烧
它们就是马、狗、牛的舍利子

牛说，我死后
我的一切看起来
都用尽了，唯一的富余
是爱，对人类的爱
打开我的肉身
赫然呈现的
舍利子——牛黄

马说，我与人世间的一些人
一样，以路为目标
终生奔走在路上
不经意之间，自己

已在彼岸
还留下奔波的
结晶——舍利子
马宝

狗说，我何曾快乐
夹着尾巴，摇尾乞怜
都是命运赐给我类的痛苦
正因为痛苦，才有价值
多少痛苦与沧桑，才有多少价值
才会呈现多少舍利子
——狗宝

舍利子，示于众生的
是大德，是妙有
那么，马宝、狗宝、牛黄呢

狗宝，《纲目》："甘咸，平，有小毒。"
降逆气，开郁结，解毒
治噎膈反胃，痈疽，疔疮

牛黄，苦，凉，入心、肝经
清热解毒，开窍豁痰，息风定惊

马宝，甘、咸，平，入心、肝经
清肝镇惊，化痰
用于高热动风、癫狂等症
用于咳嗽痰多等症

蜈蚣的渡

一叶舟，有一叶舟的渡
蜈蚣一直有自己的小盘算
归处
没有傲岸的骨与刺
那就不停地长足
长成恐怖的百足之虫
不知疲倦地攀爬
穿着厚重的铠甲
出入岁月的缝隙，若不探出红头
便有短暂的宁静
甚至，也让毒素、私欲勾兑善良
半人半鬼，半白半黑
以最柔软的身躯
打最硬的仗，却不穷兵黩武
大部分时候活在灯下黑里
活在贫瘠土地上
待到惊蛰，混迹在牛鬼蛇虫中
走上皈依之路
以大善面目谢幕，忏悔
入药，可食
且祛风，定惊，攻毒，散结

牛与牛虻

我看见家乡的那头牛
缓慢地走在回村的黄昏中
一种温驯、耐劳的动物
一种木讷、卑微的动物
是农村的家底，生存的根基
也是全村最尊贵的村民

家乡的牛总有干不完的农活
总有说不尽的沉默，偶尔一声厚重而沙哑的吼叫
只是一声吼声，我们听不出任何情绪

震撼了人心，却吓不住嗡嗡飞舞着的牛虻
这是一群讨厌的吸血虫
是水牛，我们小孩就把牛赶到水里
仿佛能把牛虻淹死一样，让牛虻无法咬口
是黄牛，我们用树枝带叶轻驱赶
不敢用力拍打，怕伤了牛

家乡的牛
就是家乡的人
今天，我回到家乡
——也是那头牛的村庄

牛圈栅栏还在
一群牛虻还在河边嗡嗡飞着
空中留出空白
仿佛为那牛留下
仿佛是为古老的农耕之神
从已逝的时间里
还了魂

牛与牛虻，彼此验证
待到牛趴在牛栏里
嘴轻轻一嚼，夜就安静了
牛虻也就安顿了
爱屋及乌，说说牛虻
牛虻自古就是一味中药
牛虻还叫牛蜢、牛蝇、牛蚊子
白斑虻、灰虻、虻虫
喜欢阳光，白天活动，环境适应能力强
药用价值比较高
逐瘀，破积，通经
用于症瘕、积聚、少腹蓄血、血滞经闭、扑损瘀血等病症

蚯蚓的火焰

蚯蚓细小纤微
浓缩的，无骨的，失言的

是沉默的江河
伏地，节节穿越千山万水
是黝黑健硕的旷工汉子
漆黑中匍匐，寸寸钻进地心中
也是我们，生活在滚滚人世下游
窒息，肮脏，无光
在黑暗中，烂泥中爬行
啃食生活残羹

但你顺从了命运
藏起了忧伤、悲喜
仿佛来不及顾影自怜
其实，你内心的风声很慢
一直生存在光明之外
阳光没收了天地壮阔，辽远
西线无战事
西山建新城，事急也与你无关

但你心中有一团火焰

如一粒水，藏着风暴
号召宇宙融化万物
在人类血管系统里放上一把火
烧毁坚硬的堵塞
与你的慢不同的是
急速疏通致命的心管里的大小瘀塞

中医以蚯蚓喻名为地龙
味咸性寒，归肝、肾、膀胱、肺经
清热息风，平喘，通络，利尿
用于高热烦躁、惊痫抽搐等症状治疗
近年常治疗精神分裂症属于狂热型者

蝎子的无言

蝎子是昆虫，无言
嗡嗡蜂鸣，我们知道蜜蜂的辛勤
蝉鸣一季，我们懂得蝉的忧伤
九香虫的鸣叫，我们明白
一触就喷出熏人的屁臭

世界还有很多不说话的
白云不说话，蓝天会帮着
天地壮阔
站着的植物不说话，风来会帮忙
或微语或愤怒，很贴切
这些植物的情绪，敢怒也不掩盖欢乐
就连同石头、飞雪、尘埃
都能借助风、阳光、雨
畅快淋漓地表达自己的
喜怒哀乐

那么蝎子呢
一出世就举着两把大刀
炫耀了4亿3千万年
一副强大者的架势
还有高高翘起的尾巴

末节之处赫然耸立着
锐钩状毒刺
以此，掠夺了4亿3千万年
难道大刀与毒刺便是你
横行霸道的语言
以致成了五毒之一

谁能懂得你的方言，其实
你也藏身石缝荒芜之地
你最大的救生技巧，就是
——自切尾巴
悲催的是，八个月后
最终以一种难以启齿的原因死去
——便秘身亡
而你对待子女的慈爱，让人感动
为什么你的族群能生存亿万年
不吃不喝，默默等待
层层背负着幼小的蝎子
靠体温换来小蝎子的第一次蜕皮
才允许小蝎子脱离母体，自由活动，觅食，成长

即使如此，你一直以强者示人
入药功效也霸道
全蝎，性平，味辛，有毒，归肝经
息风镇痉，攻毒散结，通络止痛
治疗各种原因导致的惊风、痉挛抽搐
高热、神昏、癫痫、角弓反张、口眼歪斜

九香虫的臭与香

叫九香虫还是叫臭大姐
怎样称呼你
自然界如人间一样
无丑不成戏
有些内心外形皆丑
而你——丑大姐
只是一时之狠，可能还没赢得了一时
如中药之苦
但人们是知道你的心善，你却
赢了一世
如中药之益

提及你熏人的臭，如同提及黑
人们立马想到沦陷，遮天蔽日的阴霾
阻止了春天的花开，秋天果子的成熟
你看，多少木头
也要雕刻成佛
多少树木前后左右一样
其实，你是坦诚的
承受苦难和不如意时，才敢于及时
向外界表达自己的不满和
愤怒的锋芒

这是一种自我保护的本能

世界上充斥着四平八稳
没有个性
比如没有营养的食品，没有功效的药物
九香虫别担心，任何精华
仍有生存空间
不论污泥浊水如何充盈
荷花还是会出淤泥而不染
应时长出来的

九香虫，又名椿象、屁巴虫、打屁虫、臭大姐
指甲大小，状如水龟
分泌挥发性臭虫酸，有机化物酮
——难闻。同时
含九香虫油，炒熟
香美可口，祛病延年
九香虫，补肾壮阳，理气止痛

土鳖虫，命运多舛

小时候，孩子们喜欢的活动
扒地团鱼，在老屋的墙角
扒开一堆经年的尘土
大大小小的土鳖虫
有大如啤酒瓶盖，有小如绿豆
或圆或椭圆形
背着一个不坚硬的背甲
沾着灰尘，顿时四处逃遁

站在高处，低外工地上
一群农民工正忙忙碌碌
如一堆土鳖虫聚散着
一群收了晚工的民工
怯怯地坐在地铁的地板上
唯恐弄脏光洁的椅子
车厢空荡着，上车到下车
民工们却一直没有土鳖虫的淡定

这可是当年喜欢扒地团的毛孩子们，转眼成了
乡村家里的顶梁柱
终日干着繁重的劳动
呆头呆脑，邋里邋遢

惊讶自己一路的所闻所见
恰如慌忙逃窜后，庆幸自己躲过一劫的
土鳖虫，大气不敢喘一口
一些自诩的文明人蔑视着
称之为“土鳖”，难道是“土气”与“王八”的合成词

这些进城务工的农民
真如土鳖虫，生存着
环境恶劣，状况艰辛，终年累月劳作
一份寒薄的衣食，承受着
鄙视，剥削，践踏
难道这是文明的进步
还是所谓优越类群的变态的狂妄
可恶之外，不亚于当年丑陋的洋人
视清朝与民国时期的国人为
一窝儿土鳖虫

土鳖虫，一味善良
让人心酸的中药
落魄孤寂，人畜无害
今生后世的故事
让人看透了命运残酷

土鳖虫，鳖蠊科昆虫地鳖或冀地鳖的雌虫干燥体
其味咸，性寒，有小毒，归肝经
破血逐瘀，续筋接骨
治疗跌打损伤、筋伤骨折、血瘀经闭
产后瘀阻腹痛、症瘕痞块。孕妇禁用

鸡内金的本事

谁也没有规定雄鸡一唱
天下才白
唤醒万物的是阳光
而唤醒我们的
小时候是父母
现在是生活

然而，万物是需要引领的
鸡鸣不能唤醒黎明，却不能
否定雄鸡声声高鸣
你听，那一声高鸣
何尝不是黑暗中递过的一盏灯
你听，那一声震天动地的吹哨
我们转睛一看，家乡空了
乡村空了，乡愁长了

鸡成了第一个喧唱光明者，凭什么
这么大的底气，这么大的阳刚本事
如何练就，如何赢得
难道真如一滴水要比大海更有本事
敢于从天空跳下，地上，海上
而大海气喘吁吁却始终爬不过海岸

他们说，这力量得益于鸡
拥有一个杰出本领的大厨
——鸡内金，生物学家给的标签是
坚强，耐磨，包容，持久
凡动物弱于齿必强于胃
细小的砂石碎粒
虫子、米粒、糠皮、菜叶等
搅和，蠕动，磨碎，消化
解毒，吸收
24小时不间断地提供生命之源

鸡内金是雉科动物家鸡
干燥的砂囊内壁
入脾经、胃经、小肠经和膀胱经
消食化积，健脾运胃，涩精止遗
分清泌浊，通淋化石
用于缓解各种食积引起的
脘腹胀满、食欲不振、呕吐、泄泻下痢、小儿疳积等症
治疗遗精、遗尿、胆胀胁痛等

水蛭的人生

水蛭，你是一只弱小的软体动物
一条亿万年生活在最底层的蠕虫
因为吸了人血，便被咒成吸血鬼
世上最贪婪的动物——蚂蟥
鬼鬼祟祟游荡在水波中

被想当然的魔鬼
被想当然地讨厌劳作
索性连手脚都省去，水蛭
却是济世的菩萨
顶着吸血鬼的骂名
一心向佛，清水中厮混
草地上摸爬滚打，生命倔强
半月不吃不喝，切断也能重生
前后两个吸盘，吸收精华
也默默吸收了人间戾气

我们芸芸众生，何尝不是一群
直立行走的蚂蟥
匍匐于生命低处
以手脚为吸盘，紧抓
时间的崖壁，吸食

阳光之鲜血
吸食岁月风雨的体液
风餐露宿，如水蛭
一生忙于吸食、繁育
不同的是我们
最终只是一堆药渣
只是还能意识到自己的存在

水蛭，中药里的软黄金，治疗
许多疑难杂症，中药水蛭
环节动物水蛭科蚂蟥
水蛭及柳叶蚂蟥的全体
味咸、苦，性平，有小毒。归肝经
破血通经，逐瘀消症，破血逐瘀等

麝过春山草木香

麝香，一味善于穿越的中药
通经活络得仰仗它
价贵于黄金，品格高于君子之品德
这股善于奔跑的奇香，人们发现
穿过时间的缝隙，穿越大地的间隙
麝香美好地穿越时空
也是招惹死亡的开始
麝本身因香重而身先死
也弄得人世间贪婪者惹祸不断
引出一场场灾劫
为此，麝也深知其味
独居营活，整日独居高寒
东躲西藏，栖居于山深林密
白昼静卧灌丛下或僻静阴暗处
拂晓或黄昏后才活动
攀登悬崖，居高以避敌害

望着这种微妙的动物
——林麝，和历朝历代的君子一样
天敌是人，胆小，孤独，时而呆萌
现在也是濒危的
麝因身怀其香而身先死

君子无罪，却怀璧其罪
打开浩瀚的黄卷，不难闻嗅
一股奇香氤氲其中
浸润着荒芜的岁月
原来那高洁的品德便是麝香
那一茬茬的君子便是林麝
怀才不遇，命运不济
备受坎坷，却如星辰
闪烁在天穹上，人间仿佛
麝过春山草木香

麝香，开窍醒脑要药
味辛，温，归心、脾经
开窍醒神，活血散结，消肿止痛

蝼蛄的盲流

弱小的蝼蛄
浪得虚名叫害虫
怎么也作恶不起蝗灾
同在地球谋活
贵贱不同，拥有的资源云泥之别
夏生秋死不知四季有轮回

为此，蝼蛄立志成神兽
飞、缘、游、穴、走
本领广泛，但全都是半桶水
飞高不过屋顶
爬高也高不过屋顶
挖掘找不食物
爬行也渣渣
游不过小河
学艺不精，一群土狗子

同样一群土狗子
人间盲流
大包小包，扶老携儿
斜着歪着蹲着躺着
叼着烟甩着扑克，大呼小叫

在车站，在码头
有人说你们是扰乱治安的祸根
有人说你们是现代社会的丑陋
你们只想挣一点微薄糊口
你们只是技艺不长，被迫苦力
一直流浪寻找，从未停歇
或穿行于两脚兽建设的水泥森林中
穿行于条条孤寂荒冷的阴僻小巷
江湖倥偬
只有匆匆把身子卖给了时光

蝼蛄，传统的中药之一
咸、寒，有小毒
入膀胱、大肠、小肠经
利水通淋，消肿解毒，通便

英雄气短的蟋蟀

一只蟋蟀尘封
标本馆，如一个帅男仰卧
这是一只出产于山东的蟋蟀
——虫王，头大色青，须粗齿利
族类存活了1.4亿年之久的蟋蟀
遍布全球，多达1400余种
却在中国，承担了厚重的责任
富足、长寿、平安、快乐
努力不懈与顽强奋斗
不停歇地鸣秋
甲骨文中的“秋”字，有了蟋蟀的形象
不停歇地悲秋，那鸣声就成了乡愁的方言
在中国，凭一己之力，这只小虫
创造出了千余年的愉乐方式
及时行乐，也染上了生命的忧思
顺带还斗出了一条庞大的产业链

蟋蟀，犹如真英雄
可英雄从来气短
你的鸣叫似叹息
那凉风叶别空枝
那往事云雨缠绵

可流水薄情西往，残阳晚照
一地荒草叹凄凄
旧梦何用，归客空等江边
空悲切

生命别离谁解
如英雄，当携烈酒一壶
敬萧瑟横流山苍茫
马长啸，跳进陶罐
互吹较量，交锋300回合
败则隐退，胜则张翅长鸣
要不就跳入药罐，入油锅
蟋蟀也叫蛐蛐，为蟋蟀科动物
蟋蟀为药食同源之物
利尿，改善肠道菌群及降血压等

生命中，勿忧伤，霜白处
谁曾数，跌落几声叹息

牡蛎的壳保护

牡蛎又名生蚝，一种软体动物
藏在两片钙化壳里，定居
海中礁石上，滤食
水中微生物，过活
是潮起潮落中的海礁之王
肉青色白，质地柔软细嫩
是“海洋的玛娜”“海洋的牛奶”
是“海上美味——圣鱼”
是“根之源”“海洋之超米”
唯一能够生吃的贝类

同蜗牛、乌龟一样
牡蛎需要甲壳，这等同于
动物的皮毛鳞角
等同于果实的果壳、果皮
等同于地球的大气层
等同于帝王的九曲画廊的宫殿
等同于卑微者的冷漠孤僻，唯有如此
方可经得千万磨难，抵御住万千侵蚀

活在世间
你可见遍体鳞伤前

心早已碎了一地
满世界已是行尸走肉，空壳横行
你可见乡民们不抵外面精彩
世界的诱惑，渐渐逃逸
多少死去的村庄
那空空的壳还挂在悬崖上

活在世间
谁可独善其身
一路西行妖魔鬼怪多
纵有七十二般神通，难敌
九九八十一难
一生一壳，壳随心长
不变应万变

殊不知，有如何柔软的心
就要有如何坚硬的外壳

牡蛎以壳为药，属中药类矿物药
味咸，性微寒
平肝潜阳，重镇安神，软坚散结，收敛固涩，制酸止痛

鹿角的保护

难道温顺了
就得让你遗世独立
在怨的旷野中挣扎
造物主只给了你一副漂亮皮囊与一对
雄伟得夸张的犄角，奶凶奶凶的
权当自卫
怎么也安慰不了你不安的灵魂
真正的猛兽是不用角装饰的，牙齿锋利便可
你温顺之余依然倔强
奔跑成了你一种挣脱
不能超脱的快乐

你是世间的精灵
宛如温润如玉的女子
深秋的月光，皎洁薄凉
她倚着门，一声不吭
等待着邮差，却大半年还未接一封来信
她坐在冷冷的台阶上
梳头，极慢地
其实，那女子一直在等
极不甘心地盼望
而那冷月光，那孑然独立的小木屋却成了她拒人的保护

色彩斑斓的鹿皮
那崎岖的山路
仿佛便是长长的鹿角
女子所需刚好与鹿的需求相反

鹿茸为鹿科动物
梅花鹿或马鹿的雄鹿
未骨化密生茸毛的幼角
壮肾阳，益精血，强筋骨，调冲任，托疮毒
鹿角霜为鹿角熬制鹿角胶后剩余的骨渣
补肾助阳，收敛止血
鹿鞭，是补虚药。甘、咸，性温
补肾精，壮肾阳，强腰膝

乌龟的壳

千年王八万年龟，百年兔子不去追
说明乌龟是能保护好自己的冠军
长寿追求者一直在，考究龟的长寿秘诀
公认结论是，厚重的龟壳，不是唯一的原因
否则，所有的生物都会效仿，背着铠甲，龟行全世界

一个龟兔赛跑的故事，让乌龟荣获了千年美誉
有人反复询问是那只龟参赛了，应该为之授奖、雕像、立碑
彻底打破大锅饭，不能让大家雨露均沾
也便于追责那只责任心不强的兔子，从而赏罚分明

然而，乌龟们说荣誉是大家的
我们不去做冠军，如同，不去做玫瑰一样
去做一朵小野花、一株小草、一株向日葵
去做无名，做千千万万
做大海中的一滴
这才是保护好自己长寿的壳

龟甲，味甘，性微寒，入肝、肾、心经
滋阴养液，潜阳熄风
用于肝肾阴虚、肝阳上亢
真阴亏虚和虚风内动所导致的病证

憨憨的命运

我们相遇
你被坚硬的铁笼紧紧裹往
我被沉重的生活镣铐拴着
仿佛是两只蚂蚁
打量彼此，无声而压抑
我没有人的优越感
你没有熊的从容不迫
彼此只有憨憨的模样
流露出顺从，抗争后的无奈
都洗去了憨劲，都没有
狠狠的心肠
你用胆汁缓解人间痛苦
为此，你被痛苦勒住一生
虚弱的生命无休止透支
我却被生活压榨出无限的汗水泪水
润津我那野草般的憨强
直到枯萎

我们两相凝望
原来我们本是剑鞘同命

如何写鳖

你要写鳖，就不要只写
鳖甲的灵气长寿
鳖壳的辟邪，鳖甲头骨
风水中的化灾辟邪镇宅
鳖甲的外壳没有七彩斑斓
却顾盼自雄，眼含绿豆之光
胸怀王八信条
要写乾坤，要写人间
写看不见的虚实与浮沉
写跌入醉酒渔夫的梦想
写朴实无华的乡里人
那群农民工
聚散各个工地上，疲惫，沧桑模糊
别忘了，你还要写药房的
处方上的鳖甲
鳖甲是一种名贵中药，味咸
滋阴潜阳，退热除蒸，软坚散结
最后，你才停笔
将下半载的诗词，交给
壮丽山河，交给
隔水烟火，浩瀚人间

海马的逡巡

少年，谁不憧憬
从此一人一马独南行
江湖夜雨十年灯
若是秋天里疾驰，一定草原辽阔
一定更有得意的爽风与明月
一人一马一江湖
浪迹天涯，用高远的蓝天
想念一个人，也寻找那粒米的壳

若能泅渡在海洋，一定寥廓
那海水也是浓稠的风，浓缩了的月光
水里的幸福不言而喻
如冬日的暖阳，有没觉察的凉
没有饿死的鱼，皮包骨头的虾

暮年的人，做梦都想回到水里
从亘古出发，骑着海马，周游天下
唤醒雄辉，临摹青春雄姿
一人一马一片海
海马，海洋里脑袋呈马头形状的小生物
温肾壮阳，强身健体，舒筋活络，散结消肿
止咳平喘，消炎止痛，镇静安神，调理气血

鲍鱼的告白

鲍鱼，不知何时从大海
爬上陆地，大陆深处
聪明的中国人花费了几千年的时间
推演出鲍鱼从鲍肆之臭
到美食极品，富贵与权力
从不食鲍鱼的欧美人到
全世界餐桌上的软黄金

然后有多少人没有看见鲍鱼被遮蔽的部分
澄清的海水中，需要黑暗
需要海水不停地流动冲刷
光是不能容许的
一丝光都让这个毫无安全感的家伙
抓狂，缩成紧紧的一团
死死扒住能扒住的一切
人们绝对不能扯开
鲍鱼是食植性的软体动物
极不相称，奉献
自己的肉质鲜嫩，晶莹凝脂
色同琥珀
如同出水芙蓉、鲜花
悬崖上的迎客松

但总来不及爱，就招架不住海洋热浪的危险
全球54种鲍鱼
20种面临灭绝危险
却还是希望人们能够理解
鲍鱼的努力
壳坚硬如岩石，希望能把生命保留完整
这些假象食客，你们还是不知道的好啊
要知道，需要多少岩石才能掩盖住——一个值得爱怜的生命
血肉模糊却依然发出光芒的爱意

石决明，以鲍鱼壳为药
性味是咸、平，入肝经
平肝潜阳，除热明目

炮制斑蝥

斑蝥穿着一套斑斓的硬壳
乖萌，一副人畜无害的模样
引诱触碰，一股臭屁叭地从后窍喷出
明显的防卫过当
其实，斑蝥3克就能毒死人
绝对毒。若成毒药，也是以毒攻毒
必须得炮制，如同打铁
把铁投入火炉，逼出铁的火
反复锤打把铁打晕
规定铁的仪表与行为
以致能墨守成规
当然，淬火也是必须的，这样才能杀掉铁的戾气
斑蝥历经如此一番，炮制
方能减弱斑蝥的毒性，方能成药
以毒攻毒

斑蝥是一种常见中药
味辛，有大毒
斑蝥能强有力地祛除瘀血
消散体内结块，治疗毒疮

珍品龙涎香

抹香鲸是一生都在旅行的旅行家
摇曳着优美高雅的身姿
从远古时就一直遨游在海洋中，抹香鲸的世界
一半是深渊，2000米以下的深海
一半是光明，8分钟海面上的呼吸
两千多万年，抹香鲸演奏着
亘古不变、经久不息的乐曲
而我更认为抹香鲸是座大山，藏有无穷无尽的宝藏
草木蓊郁，山花遍野
蜂飞蝶舞，野果飘香
山珍野果，赤橙黄绿
点缀其间
抹香鲸却谦虚地说
在人间，我只是路人，不过
是路人就好好路过，那就留一点龙涎香吧

龙涎香
抹香鲸科动物，抹香鲸的肠内分泌物的干燥品
除是贵于黄金的中药外
也是最名贵香料的原料
龙涎香，味甘，气腥，性涩
开窍化痰，活血利气

蚕的公益

蚕的一生朴素诚实
痛苦拼命，三到五天就蜕皮新生一次
如牛一生做着公益

其实，短暂一生的蚕不明白
吐出的那根丝曾连通了世界
穿越山川、河流、沙漠
千秋岁月风雨
那根丝硬是被拉得万年长，长过史前的任何一条河流
其实，短短一生的蚕看不懂
用丝打包着世界，可见的还有不可见的
四季轮回的山河，人们的喜怒哀乐，人间烟火
人类的前生后世

为了不让人们受寒挨冻
蚕做了如何裹体的示范，作茧自缚
结果只裹了极少数人
蚕为一生身抱歉意，一生尽心尽情将奉献打包
僵蚕，蚕蛹，蚕蜕，蚕沙，蚕茧

僵蚕，性咸、辛、平，归肝、肺、胃经
息风止痉，祛风止痛，化痰散结

紫贝齿那炫目的色彩

爱有颜色吗
紫贝齿有动人的色彩
那是爱与被爱在一起散发出来的颜色，圆润而亮泽
你的化妆盒可能也有一枚紫贝齿
人间聚散是常态，不分你我
但紫贝齿的介入
两人世界就充满遐想与暖意
时间最会咬伤人
唯独紫贝齿，被滋润，被打磨
那色彩更饱满圆润
紫贝齿在翘首，像等待，又像寻找
远方有海风在沉吟
潮声在拨动心弦
那色彩如秋色
内心涂满了斑斓
那紫如沉甸甸的秋风
去追逐，抓住爱的尾巴
丢掉那爱的荒原
人们说紫贝齿总让人牵挂那片海
既能平肝潜阳，镇惊安神
也能让人清肝明目，因为
爱意东升西落轮回，浪漫至死不渝

玳瑁致命的美丽

玳瑁是海龟家族最靓丽的一群
同样千年长寿
成年的玳瑁拥有大海里最磅礴的时光
无敌从容，如犀牛
独步广阔草原上的独角兽

然而，与犀牛一样濒危
玳瑁一生孜孜不倦也采取了自卫措施
比如，一生孤独游荡在大海中
人畜无害
比如，玳瑁的壳坚硬如五彩石
比如，玳瑁绝不做缩头龟，尽管它也是龟
比如，玳瑁的肉鲜却有剧毒，如野生河豚
让人闻之色变
然而，因为如有机宝石般绚丽多彩的壳
玳瑁的生命陷入一场又一场雪崩
雪境美丽，雪峰巍峨，雪地柔软
留给玳瑁的却只有万劫不复
美丽是一场灾难
美丽的玳瑁，其壳
成了发夹，成了眼镜框
成了男人的腰带、女人的配饰

也成了药房的中药
玳瑁因此倒下了，人们却站了起来
昂首阔步，听不见
玳瑁凄惨的吼声，原来
身怀其色的美丽
——有罪，而且要付出生命

玳瑁，甘、咸，寒，归心、肝经
平肝定惊，清热解毒

螳螂，真勇士

螳螂，你挡车
成了千年笑柄
这种堂吉诃德式的行为背后
有一个与你卑微不相称的
深远辽阔的世界，无人看透
你打虎时是猛虎
你屠龙时是悍龙
你是螳臂欲当车的勇士，心中
一团永不熄灭的火
用最勇敢的姿态
去面对最强大的对手
是喋血于秦的荆轲，抱着剑，视死如归
头颅高昂，脊梁坚挺

倔强的螳螂，你总是勇敢无畏
哪怕对未来一无所知
人们归纳你有好几种死法
比如螳螂当车，粉身碎骨
比如螳螂捕蝉，黄雀在后
比如为爱献身，任凭吞噬
一说起雄螳螂的爱，这个世界就满地悲伤

云南一个80岁老妪
多少次毒蘑菇中毒
只因首次中毒致幻，看见死去多年的女儿
为了再次看见女儿，一次次
中毒，抢救，再中毒
不惜丢失生命
而雄螳螂至死也见不到它的后代

主动或被动结束自己生命
或许是宿命
或许是义无反顾的孤注一掷
与懦弱妥协无关，与卑微无关
都是勇士

桑螵蛸一味中药，螳螂的卵鞘
味甘、咸，归经肝、肾经
固精缩尿，补肾助阳

蚂蚁移山

愚公豪言搬移太行、王屋
二山山体庞大
壁立千仞，高耸入云
天帝令大力神夸娥氏的
两个儿子背走那两座山
结果，一套招标流程下来
蚂蚁揭榜承接了移山业务

蚂蚁，是天帝的马匹
1.4亿年来，这个渺小的精灵
有着庞大的家族血统
每个成员职责和使命明确
低着头，独自一人还是成群结队往前行走
义无反顾
无论前方是花园还是坟墓

承接搬山任务后，它们
翻山越岭，一步一个脚印
拖着比自己身体大10倍的物体
逢山路开，遇水桥架
前赴后继，谁都不愿落下
你不怕炙热的阳光暴晒

不惧漫天的洪水冲刷
面对困难从未感到害怕
千里迢迢，齐心协力
巍峨高山矮了
千里之堤崩溃了
老蚂蚁在秋风中走了
小蚂蚁又聚在一起，如云
没能把土块石块移到
渤海的边上，隐士的北边
却把太行、王屋到渤海、隐土之北
连成一条条山脉
蜿蜒数千里，连绵起伏

扁鹊听了蚂蚁的故事
心想蚂蚁为药，或许在人体也能筑起万里长城
护卫健康
人类食用蚂蚁历史悠久
蚂蚁具有食疗及药用功能
有着目前人工无法合成的草体蚁醛
性温而味辛，性善走窜而行经脉
温经散寒，活血通络，养阳壮肾

羚羊的幸与不幸

我明白羚羊的温顺乖巧
也明白这个精灵的心灵
大爱往往是外冷内热的
可可西里的草原上
飘姿如奔，盈盈迅疾如风
那一定是一只羚羊奔
在眼前，又在清蓝里
轻轻没入那天幕
天高地阔。天上的白云
顿时温暖
性灵如一的羚羊，仿佛是
全能的造物主把仁爱注入了羚羊的灵魂
那性灵如一，那一身散发着温顺的光
那柔软，那直接，那善，那身姿
犹如梵音

然而仔细看着羚羊的大眼睛
满是孤单、无助、不解
那身影时隐时现，却似飘荡的云
宁愿停歇在荒野，没有绿草愿意生长的荒山
世外桃源，才是羚羊眼里的希望

望着悠然卧在雪地的
羚羊
如邻村的小姑娘
一双美丽的大眼睛，明亮
长长的睫毛扑闪扑闪
让人怜惜，因为哑，因为一家人哑
欺凌是如此地直接与粗暴
哑女如羚羊一样无助与柔弱
为避免暴力与欺凌
女孩躲进黑暗，藏身孤独，躲进荒野
那里没有赤裸裸的伤害
那里的星星真美
那里的天空无比静谧
那里的世界空旷无边
仿佛千万只羚羊在驰骋
尘土飞扬，阳光晒在皮毛上
泛着金光
这个世界是自由的，是自己的。可以
与山共守一条河流
与河共守一片高地
与云共绘一片蓝天

真希望羚羊永远不受伤害
羚羊角永远不是中药
羚羊角粉，一种比较名贵的中药材
味咸，性寒，咸可入血，寒能清热
清泻肝热，息风止痉，清热解毒

蜜蜂看世界

佛说，肉眼看世界，只见名利
收了蜜，人们盛赞
蜜蜂真勤劳，是益虫，是朋友
不是所有的好话都是由衷的
说给蜜蜂除外，蜜蜂的甜
太能掩盖人间的苦涩了

佛说，天眼看世界，只见轮回
工蜂辛苦一生采花酿蜜，只享用极少部分
其余喂育幼蜂、蜂王，那是在
喂育未来的自己。可谓
势不可使尽，福不可享尽
便宜不可占尽，聪明不可用尽

佛说，法眼看世界，只见因果
蜜蜂勤劳，各自承担职责与使命
蜂族才能延续
因果，谁也躲不过
傻人自有傻福，好人自有好命
喜欢分享，朋友就越来越多
喜欢知足，快乐就越来越多

佛说，用慧眼看世界，只见幻象
蜜蜂专注鲜花，一叶障目看不见森林
世界太大，时空广阔，心灵悠远
任何生命只是沧海一粟
除你个体的强大以外
还因为你属于团队
你属于社会，是大地之子

佛说，佛眼看世界，充满慈悲
万物需要有绝技，才永久不会挫败
酿造500克蜂蜜，蜜蜂
大约要采500万朵花的花粉
看来世界没有一个丰收能轻易获得
谁都不易，谁的付出都值得尊重珍惜

这个世界怎样，如何看
有人反复问，一千个人有一千个哈姆雷特
如果蜜蜂跟着苍蝇混
那怎么有后来的甜蜜生活
人不可尽做蜜蜂，也不能做苍蝇。就三七分吧
三分贪财好色以防与世格格不入
七分一本正经以图踏踏实实谋此生

良药苦口，蜂蜜例外
它是重要的甜味剂和强壮滋补食品
是很多药方的主要药物
蜂王浆、蜂胶、蜂蜡
都是不可多得的好药

蛄子的心

弱小的蛄子
厚壳，把自己埋进水中、泥沙里
一生潜伏着
如种在大漠里的农民

在泥沙禅定的蛄子
大大小小的水族见过它的绽放
以柔嫩的贝肉为花
捕捉微薄的硅藻和有机碎屑为食
而在这个水域世界它却富裕如秋天

你是知道的，除了人类
对手章鱼的胃里，找不到
蛄子的点滴痕迹
蛄子却有章鱼的触腕残留
弱小的蛄子，即使手握凡铁
也要向命运悍然拔刀
以蕞尔之躯，抗拒一切逆境
有吞下了宇宙的心

蛄子化痰，散结，活血止痛

水牛最后的奉献

小时候十分奢望喂养水牛
只能割草记点工分
很羡慕小伙伴们骑在水牛背上
吹笛，游泳，或代步
当然，大人们见了总会呵斥一声
别让牛累着了
以致今天，自己做梦都想喂养一头水牛
养宠物，是件很自豪的事
只是水牛躯体过于庞大

水牛，我眼中
是亚洲独有的动物
是中国动物界的长老，德高望重
是中国人的远房兄弟
坚毅，无私，任怨任劳
脚踏实地，又超然物外
有庄周的遗风
颇得孔子的衣钵
沉默着，又知其不可为而为之
活也牺牲，死也牺牲
田间劳作时，总有几只白鹭相随
偶尔池塘里安歇咀嚼

偶尔老槐树下蝉鸣声中打盹

温顺食草的水牛，两只弯弯牛角
巨大，坚挺
即便斗牛，也极少用上
看来，吓唬不了谁，成了不威的摆设
却成了人们的安全帽

佝偻的老农
光着赤脚，扛起犁滑
拉着水牛的情景
已经不见了
水牛慢慢地藏在小学课文里
呈现在宣纸上
水牛有可能成为濒临灭绝的动物
人们却不会冠之珍稀
驾，驾，驾……
成了一代农民儿女的乡音
成了他们梦中与水牛相见的敲门声

水牛，你的贡献并没有完
牛角是你贡献给人类最后的骄傲
最有价值的尊严
水牛角：清热凉血，解毒，定惊

那只蝉

来吧，夏天的树荫下
坐下来，我们谈谈那只蝉
从金蝉脱壳到湮没于秋风
亲眼可见，亲耳所闻
属于蝉的地上生命
只有60天，最多70天
蝉用生命演绎了一个季节的灿烂
但我们还是抱怨这个世界太喧嚣了，蝉
是为了生命的短暂，不甘命运浅薄
还是看破红尘，让执念打破生活的寂寞
死死抱住时间，一声接一声
鼓噪于世俗的斑驳
或声嘶力竭鸣叫，或悲吟
直到暮秋来临，日月从此
不再与它相干

来吧，深秋的西风中
站一站，我们谈谈那只蝉
不谈它的寿命，太短暂
让我们来不及一眼欣赏
让我们来不及一声叹息
让我们来不及察觉蝉声变调

躺下，就被风干
我们只谈，蝉在暗无天日的地下
蛰伏，潜行
3年，还是17年
冷了离地面远一点，暖了离地面近一点
出土后鸣叫才一季
这能不响亮吗
谁还能说蝉是懦夫，只是一味藏着鸣叫
谁还能抱怨蝉的用词单调，知了知了一季
掺和着最亮的阳光，蝉高频地
歌唱阳光，歌唱希望，歌唱生命
生命的价值提高了
对蝉如此，对人亦如此

来吧，我们直接端详蝉衣吧
谈谈它的羽翼，太单薄
承受不了人们的忧愁
如纸之薄，如此透明的蝉衣
明明一眼可以望穿
却没人能看透它的内涵
古代文人说
蝉有五德，忍辱负重
其实还有救人一德
医家说，蝉衣
疏风散热，透疹止痒，利咽开音
退翳明目，解痉消肿

我们都是客，蛤蚧也是

刚回到元木山
一只不认识我的喜鹊
一会儿在几棵树之间飞来飞去
一会儿在一棵树的树枝上跳跃
对我喊
仿佛也在告诉乡亲们
客客客，客客客
元木山是我生活了多年的家
我怎么成了客人
直到一个童声身后响起
“爷爷，爷爷，欢迎爷爷”
我突然明白，我真是客人了

来到一个蛤蚧基地
一个我从未来过的地方
静静的夜晚
我突然听到一阵窸窸窣窣的
“欢迎，欢迎，欢迎”
声音怯怯的，时断时续
主人说，那是蛤蚧的叫声
蛤蚧这么认为，我也这么认为
我真是客人

我是客，不管是否熟悉陌生
村庄如此，基地如此
春夏秋冬如此
我和蛤蚧，是乡亲还是客人
包括世间的万事万物
也包括巍峨的南岳衡山
客才是
我们最真实的身份

既然是客，不能空手
更不能一无所有
来世间一趟，总得留下一点
蛤蚧留下自己干净的身躯
良药一味，中药界的“伟哥”
蛤蚧味咸，性平，归肺、肾经
补肺益肾，纳气定喘，助阳益精

冬虫夏草励志的故事

这不是一个浪漫的故事
结婚了
冬家的虫儿与夏家的草儿
茫茫的青藏高原
蝙蝠蛾幼虫与冬虫夏菌
美丽的邂逅
跨物种的爱，门不当户不对的婚姻
一场向着优雅而死的虫生
演绎了梁祝化蝶的悲壮

但，我更愿意
相信这是个励志故事
蝙蝠蛾出身贫寒，环境恶劣
没有长成万年不变的蝙蝠蛾后代
却遭遇菌的侵蚀，九死一生
涅槃重生为冬虫夏草
冬虫夏草呀，你肩负了生命的重托
你要坚忍，忍到春暖花开
冬虫夏草呀，你肩扛人类殷殷期望
你要走出土壤的樊笼
走到华灯绽放，天空明亮
冬虫夏草呀，你要彰显生命价值

世界辽阔，你先看过领略过
再评判是好是坏
铆足劲吧，去生长，去变好
再旗鼓相当地站在虫还是菌
不敢想象的名贵中药材身边
冬虫夏草哦，为了生命尊贵
你要变成想象中的样子
一节是虫体，一节还魂复活的“芳草”
这件事，一步都不能落下
即使痛苦，即使牺牲

冬虫夏草又名虫草，名贵滋补药材
味甘，性温，归肺、肾二经
补虚损，益精气，止咳化痰

第七辑 DI-QI-JI

草本葳蕤

一组中药，一群苦僧

自从神农点化后
自此，这群草本便有了初心
它们便有了矜贫救厄的誓言
如同一群苦僧开始了一生的修行

贫贱如车前草
雍容如牡丹
甜蜜如蜂蜜
苦寒如黄连
谁敢忘却自己一生的修行
修行出自己的四气五味，升降沉浮

是人参，是雪莲花，是附子
北寒之地，严寒之域
不得贪图暖温，在寒冷中煎熬
内心练就一颗火热之心
以微薄之躯抵抗寒苦
是蒲公英，是大黄，是黄芩，是黄柏，是板蓝根
南暖之地，酷暑煎熬
不得奢望北国冰雪风光
一方山水养一方之药
易地迁植，南橘北枳

这些草本失去了初心，失去了道地

桑叶经霜之后是药，春天采摘只用于养蚕
端午节采摘的艾叶药效最佳
陈皮、青皮同是橘皮
颜色不同，药性也不同
金银花应在夏秋花蕾前头蓬大由青转黄时采摘
丁香在秋季花蕾由绿转红时采摘
辛夷在冬末春初花未开放时采摘
玫瑰在春末夏初花将要开放时采摘
合适的时机采挖，才有最大的救赎力量
万事万物上台表演的秩序很重要

没有历经九九八十一难
没有历经中药炮制祖师雷敩的
修制治、水制、火制、水火共制诸法
便没有资格普度众生
如同苦僧修行
中药注定要历经一生修行
才能修成一张中国人的脸
才能修行成佛
如同人生是一场道场，活着就是一场修行
良药自生至死，一直都在修行
如同一生修行的苦僧

一组开花挂果的中药

红枣

红枣倒是一味好药
只是有点甜
有点不像药

花红石蒜

等到花的音信全无时
石蒜叶就用爱花的心，爱春冬的风雪与阳光，爱世间万物
唯独让花勿念，叶全部萎枯时，花更红，正红

辛夷花

暮色里，春雨中
一树树辛夷花绚烂如梦
一树树不善言辞
辛夷花却写出首首诗词

红花

月亮失约了，太阳也快落山了

夕阳很美，红花仰着头没看夕阳
我也忘了看夕阳
我只顾拍照，远外有一大片的红花
红花红过红夕阳

玫瑰花

爱是无法解救的蛊，阳光圆润是玫瑰花的爱
迟来的阳光救不了玫瑰花的枯萎
我也遇不到路人口中的铿锵
这，你懂的

晚熟的野菊花

错过季节的野菊花，把烦心的事丢掉嘛
腾出地方装上鲜花吧，花是给你的掌声
如果，花还未来
也不要丢掉自己的理想
如果看不清自己的未来
就比别人坚持久一点
但要记得把脸迎着阳光哦

半坡上的刺五加

陪伴风景的刺五加
也是半山上亮丽的风景
还有药农歇息用的小茅屋

一群修行着的中药

那撮茶

谁知道，这世上
多少情
属于浅相遇，深相知
一眼见钟情，灵魂的爱
没人知道，这世上
多少情
属于默默相伴，寂静欢喜
必是前世一万年的慢火细熬

川（草）乌

川乌草乌，有毒
不执着于对错
要知道很多事情只是不同
要知道，并无是非
不执着于有害无害
要知道三千疾病各不相同
要知道，以毒攻毒
是中医防治疾病方法之一

车前子、马蹄金、牛筋草的生命理念

是一堆匍匐在大地生长的中药
逍遥自在，安享乐命，它们认为
这是命运最好的安排
只要比昨天的自己更好就行
一辈子都在跟别人攀比是悲剧

开着花是月季的幸福

尽管月季花期长
当下正含苞待放
若无药用，请不要摘取
包括所有鲜花盛的植物
这时它们正幸福着微笑
不要惊动他人的幸福
幸福也是一个人的隐私

七叶一枝花的擅长

七叶一枝花，擅长于
清热解毒，消肿止痛
所谓擅长，乃是
千锤百炼，日复一日
包括那些名贵中药，如七叶一枝
哪一味不是蛰伏大地
缓慢生长，寸寸积淀，久久为功

玫瑰花、菊花、彼岸花的认知

开很漂亮花，结最靓的果
这些中药竟然一点不自知自己的美
不扬扬得意，趾高气扬
顺应自然，埋头生长
其实，它们何尝不知道
红尘看破了不过是浮尘
生命看破了不过是无常
美丽看破了不过是躯壳
爱情看破了不过是聚散

黄芪、人参的活法简单

人生最痛苦的事
莫过于坚持不该坚持的事
人生最后悔的事
莫过于轻易放弃了不该放弃的事
黄芪、人参以简单为生活最高境界
黄芪不担忧，种豆得瓜
所以，能坚持不放弃
人参，没有苹果、梨的追求
所以，不后悔只有块茎，没能结出苹果、梨

身后的甘草

一个成功的男人必有一个好女人
不能只重视你眼前的人

不要忽视了有的人还在你身后
默默地付出，静静地陪伴
不言不语，不惊不扰
很多临床处方都有一味甘草
甘草是这张处方的使药
小心翼翼地藏在诸药之后
轰轰烈烈地来，未必长长久久地守
最深沉的爱，总是默默无声
最暖心的情，总是一路同行

开满凌霄花的皂角树

皂角树说了他的“圈粉秘籍”
挺住身子让凌霄花攀爬
不拒绝所遇的“鸡毛蒜皮”
蜜蜂、蝴蝶，还有
叶缝隙漏下的阳光、雨滴

樟树的顶天立地

在人间，生活是不稳的
如同骑在自行车上
一直向前走才能平衡
这么大的樟树，不能倒伏
不是砍光枝叶就能了事的
需要把根深深扎进大地
如同九旬的国医大师把热爱
深深地扎进杏林中，一样

砒霜的严酷

真实是严酷的
医家认可砒霜有剧毒的事实
砒霜不说谎
它还可用作治疗白血病

茯苓的最大尊重

总会有一天，茯苓
你会走遍世界上有马尾松的各个角落
你一直走，一直走
是你对自己、马尾松、健康
最大的尊重

银杏的修行

银杏修行超过了
成年的平静
三分之一是理解，是妥协
剩下的是算了
银杏则有三分之一是春华，三分之一是秋实
剩下的不是放弃
褪去繁花，褪去绿叶渲染
坦诚地露出枝枝丫丫
纤瘦得让人心疼
空旷得让人安静

坚守着，平静修行着
默默看着这个世界的热闹
万物如人，一生，何必执着
来空空，去空空

野山参的修行

爱不尽如人意
就让钞票顶天立地
学一学野山参
深藏自己于长白山的冰天雪地
熬过风雨数十载
一味良药胜于十服药

一群秋播的中药

都说秋天到了
一年的下半场
是残酷的
删繁就简的肃杀
风起叶落
瑟瑟萧木秋寒浩荡

但也不要一味悲观
好与不好，都有尽头
秋收秋种
依然赶着趟
一群中药
白芍、牡丹、白芷、板蓝根
荆芥、车前子、桔梗
在忙，以欢喜之心
慢度寒冬

风中有人徘徊留恋
风中有人偷偷释怀
那群中药似云，朵朵粉边的白云
突然燃烧，顺从傍晚的命运
视落日为天堂

无常的风雨
彷徨如此，残酷如此
这群中药
扛得起
就站成了树
静看雨雪起流岚
想得开
就附身一棵草
姹紫嫣红成就春天
放宽心胸
吸天地之灵气
聚日月之精华
心灵光明，祈祷
天下人身心健康

一群补气中药的宣言

包括人参、党参、西洋参、太子参
包括黄芪、白术、山药、甘草、大枣
包括刺五加、绞股蓝、红景天、饴糖、蜂蜜、白扁豆
我们宣誓：
我们来世间一趟
不为别的
就为
追
一个梦想
吞吐八荒，柔情清丽
专治气血两亏、虚弱颓丧
守
一生寂寞
寂寞中炼狱，方可铁树开花
修
懂得了爱，懂得了慈悲
修
一场修行
救人如同航海，是一场没有经声佛火的修行
漫长，困惑，怀疑，反复，但
心中依然如莲盛开

地道中药材

人间有首忧伤的歌
为什么我不可以飞进我自己的梦想里
没有擦掉悲伤的权利
南方，桃花点燃了大地的春色
安静祥和的暖
散发着槐花的清香
这是不是冬虫夏草、人参、雪莲、肉苁蓉
渴望的梦想
谁不祈盼日子温暖
谁不希望被氤氲气息环绕
那么地道的中药何在

人间有一首忧愁的歌
为什么我不可以靠近幸福
没有擦掉悲伤的权利
北方，千里的辽阔
天空云淡，白山黑水
大漠朔风，漫山遍野白雪皑皑
这是不是西红花、重楼、檀香、白术
向往的幸福
谁不向往海阔天空的自由
谁不追求自由自在的生活

那么地道中药是些什么

南橘北枳
南方长的橘是地道的
北方长的枳是地道的
可以约束在北方，失落
不可以在南方，演戏
冬虫夏草、人参、雪莲、肉苁蓉是地道的
可以束缚在南方，无助
不可以在北方，逞强
西红花、重楼、檀香、白术是地道的

一园中药

杏林万顷，中药
一亩栽在我心中
从此
夏季的微光，早晨的破晓
以及恰好出现的你
山润清风拂过，阳光散落
以及你恰巧出现
在最新的油画中

晨光熹微，晓雾痴缠
夜阑人静，星月湿润
所有的隐衷旖旎，所有的心事袅娜
所有的轻声细语，所有的呢喃软语
都，只为了这亩中药

杏林万顷，中药
一亩栽在我心中
从此
你不在左右，却左右着我
一诺天涯让我舍了篱笆
于是
日夜寻觅

你盛不盛开，花都是花
于是
唐诗宋词里，我痴痴地
等，你的
一个凝眸，一抹微笑
洗了我的浊，轻轻拥我心静与无瑕
于是
水墨丹青里，我默默地
候，你的目光
桑田穿越，红尘穿越
我灵魂战栗
明白为什么要热爱

约束了的好药

好的中药一定是要琢的，称为炮炙
玉，不琢不成器，还是玉
人，不学不知义，人生潦草
中药不琢，定是劣药毒药，危害生命

中药的世界
养育一味良药，远胜于人间的生儿育女
不能南山牧马，不能
以花给花，以树给树
以自己给自己，以别人给别人
一粒中药种子不开花，不结果，一定是药农的罪过
一味中药听顺自然，本性毕露
不雕琢，不炮炙，一定是药人的罪过
他在纵虎归山

没有天生的好人，只有被约束的文明人
田野上长出的是中药材，农副产品
一些药食二用的药材，藏有忠厚老实人的小恶毒
也如饭里的沙粒，去骨鱼肉未净的刺
给人以出人意料的痛
唯有炮炙才算得上中药，比如
黄精九蒸九晒才算得上好药

真正的良药

人参抱怨着
一张有效处方，君臣佐使
如一篇美文，文笔被很好地润泽
有着五月的张家界，十二月的冈仁波齐
可惜，那写的不再是我人参

这个时代，因为，谁也不可能只做一个旁观者
每个人都可能在下一场戏里成为主角

中医处方，常用中药400余味
谁也不自诩高贵
也没有一味药低贱
谁对症适用，照样可做君药
生命健康不同于尘世
以稀为贵，以难求为尊
但好物大都不坚牢
彩云易散琉璃脆
中药不会将就取悦
以适用病症有疗效者为贵

晒药坪

建成烘干房之前
药园前的晒药坪一直很忙碌
晒仓库贮存的旧药材
也晒新采挖的连翘、大青叶、紫草，甚至绿叶
现在，晒药坪就百无聊赖了
恰巧一群人来了
多好的晒场，多好的阳光
那就晒晒快乐，晒晒忧愁
晒晒不能言说的心事
忧愁、心事，可能晒不干、晒不瘦
但欢乐是越晒越大的
晒得会如晒豆科植物般热闹
阳光可以让欢乐发酵
空旷可以稀释忧愁，难以变质

芡实等水中生长中药材的责任

一干水中生长的中药植物
比如，芡实、泽泻、荷叶、水芹
还有，薏苡仁、石菖蒲、浮萍、蕉草
幼时，如顽皮的儿童
练习书法，在水中
晃动一支支瘦弱的纤笔
挥毫，抄写着
风与天地的诗句，波光粼粼

神来之笔，寥寥几笔
绘出蓝天、飞鸟、白云
水中含着的湖光山色，也生动起来
天真的中药植物们，个个
自在、率性、调皮
陶醉在散漫的时光中
一副随波逐流的样子
胸无大志
真如那群懵懂迷茫贪玩的少年
快乐，简单，又洋溢着灵性
让人垂涎的无忧无虑

这些水草，灵如清水

是草界的仙
但一跨上时间的高铁
如同中年人一样
默对现实的无奈
生命如朝露般短暂
一步步靠岸，迎接
苍凉、宿命的残局
但它们不敢忘记
坚忍，奉献，责任
大地给了这么有意义的材质
阳光风雨给了丰富的药性
耕耘了就得努力开花结果
秋收就得不负春种
成为中药是这些水中植物
今生今世的救赎
一种活着的责任

芡实：益肾固精，健脾止泻，除湿止带
泽泻：利水消肿，泻火，降血脂
蔗草：开胃消食，清热利湿
薏苡仁：利湿清热，健脾补肺

黏人的中药

有一群中药很黏人
此如，苍耳子、鬼针草、虱子草、豨莶、窃衣、水蛭
如黏人的麦子
如幼小的宠物
如襁褓中的婴幼儿
不会哭闹叫喊
时不时地
拽拽人们的衣裳
就像我们小时候
总爱牵着父母的衣角
在医药人的眼里
病人和这些黏人的中草药都是他们的朋友
如同在母亲眼里一样
儿女和麦子都是她的孩子

这群黏人的中药
不是没有安全感
不是缺乏母爱
不是没有长大
它们是狡猾的
借风，借水
也借能移动的一切，包括人类

恣意播种，横行
然后生根繁衍，水蛭才绝，吸食人血

我们遇到了，一定别与它们
“硬刚”，避免其小恶意
在医药人的帮助下
它们黏人才彻底献身
牺牲，更好地了解人
一见钟情的醉
一见如故的懂
一诺千金的情

为此，《本草纲目》一一记录在案
苍耳子：发散风寒，通鼻窍，祛风湿，止痛
鬼针草：清热解毒，解表散热，活血散瘀
虱子草：解表，止呕定喘
豨莶草：祛风湿，利关节，解毒
窃衣草：杀虫止泻，收湿止痒
水蛭：破血，逐瘀，通络

某处中药园

也许，人们喜欢村野
是因为那些好脾气的草木
来到某处药园，这里的中药草本更柔和
倾其所有，低眉顺眼地候着
你仿佛回到了家乡

一树辛夷花开，如同远处家乡的炊烟
白芷花香，丁香花香
如妈妈做的饭菜
香飘四溢，陶醉着我们
不小心碰着月季花的荆棘
如同90岁母亲的棍棒
教训在60多岁不听话的老儿子身上
有点疼，更多的幸福洋溢着
百合花微笑着，无声地喊着你的乳名
如同长辈见着你，呼唤亲切自然，有点喜出望外

园里还有很多
开花，没开花的中药
一律无语，无声
见着它们，仿佛回到了家乡
倍感亲切，温馨，自然

让你早已忘却了家乡曾发生过的
鸡飞狗跳
让你早已忘却了家乡曾发生过的
一地鸡毛
此时，你没有一丝近乡情怯，如同
碰见老友，碰见家乡熟悉的一切物
安宁又温馨

人间，相见不如怀念
见着这些温顺无声的中药
却恰好相反
一种有朋自远方来的喜悦跃然而出
美好得如人间的初见
在这里，不需要
红豆的思念
远山之外的落日红过红豆
在这里，不需要
月下的徘徊思虑
玫瑰花开正暖
蛙声此起彼伏
叫着邀请你，也叫着邀请我
此地甚好，此处甚好

一个高山药园

散了一路的路路通
换羊肠小道
石膏换石头

薏苡仁换玉米
杜仲换续断
高良姜换生姜

玫瑰花换柿蒂
白及换紫珠叶
水牛换白薇

艾叶换灶心土
大小蓟互换
白头翁换爷爷

还有不换的是
山下的小溪倒流到澧水
不改清澈，不改奔流的欢快
巅峰上的风依然在吼
还有中药的忠诚

朱砂一点万世空，心中有你

谁在桃花瓣上
谁在丹霞上
谁在秋日的红枫上
谁在腊月的梅花上
画，灯火，晚风，星星
画，月光如水
画，树影婆娑
不如朱砂一点，如火
万世便空，你在我心中

一轮明月，最能寄托思念
月亮自古不常圆
一半，藏身于黑暗
一半，半遮半掩露个朦胧的愁脸
不如朱砂一点眉间霞
百番愁肠俏盼显
不如一抹点眉间
相思一味透心骨
美人，倾天下只为朱砂
眉间一点朱砂
胜却万千风华

你瞧，古人的爱恋何等鲜艳
朱砂一点
直接省去沧桑，烟雨，哀怨
只留思念明亮浩荡
即使没有月光
心中也是一片皎洁
当代人的思恋噢
寄托一个叫“5·20”的日子
寄托一个长在眉间，胸口的朱砂痣

朱砂凝聚了太多的奢华
男女之间的情，之间的惦记
到了医药家手中，洗尽铅华
恢复其本性：
清心，安神，镇惊

石膏的号召

一位徒手的男人说
他能变魔法，空手熬出一锅美味的汤来
众人操着手冷冷地旁观着
男人指着路边的一块生石膏说
这寒水石能招味，能熬出一锅美味的汤
有人搬来锅
有人贡献柴火
能变魔法的男子
从只加一块生石膏的锅里
舀出汤来品尝，好味
如果加一点蔬菜味道就更美
于是有人往锅里丢进一把青菜
男子又从锅里舀了一点汤试了一下味
连忙高呼
好味！快不输人间美味了
要是加一点肉就更美味了
于是有人往锅里丢进了一大块肉
男子左呼右喊
于是锅里又丢进了盐、味精、魔芋……
众人一喝，齐呼
这真是天上人间的美味

世界上的良药
一定是智慧加慈悲熬出来的
不信，石膏如果调味有号召力
熬成良药也是舍己献身，慈悲为怀
沙罐里，加一点石膏
这就是加了慈悲，加了仁心
这罐汤便定了调，定了心
加进景岳的智慧吧
熟地黄、麦冬、知母、牛膝一股脑加进去
熬出玉女煎
加进医圣张仲景的智慧吧
知母、粳米、石膏、炙甘草一股脑加进去
熬成了白虎汤
细读《中国方剂大典》，一部皇皇巨作
石膏为君药、臣药的处方
多达百余首
善用石膏者首推仲景，一人独创17首

原来，石膏能
清热泻火，除烦止渴，生肌敛疮

毒丹的枪声

枪响了
皇帝倒下了
达官贵人成了烈士
“谁干的？”
“不知道。”
那人站在了长寿成仙的制高点，阳光下
一堆珍稀矿石，有人正认真甄别
硫黄、水银、雄黄、雌黄、丹砂、白矾、曾青、慈石
一雌一雄，阴阳平衡
百炼成金，成钢，成仙

琥珀无疆的博爱

小溪在高山峻岭间徘徊
既然大海是你的归属，为什么要远离家乡流浪在外
溪水回答，我是一直在家里，只是海滩大了一点
李白的黄河之水，直接让大海把海滩铺开到天空

我看着静静躺在药房的琥珀
想起了大爱无疆
琥珀，用了千万年时间
做成了爱的滩涂
历经千万年的风霜、雨雪
历经千万年的冲刷
搬运，沉淀，掩埋，石化
化腐朽为神奇，把松柏流下的泪凝结成爱
将执着的爱，浓缩成含蓄的美丽

历经千万年的磨炼
琥珀捧着一颗心，裹着远古的气息
来到中药房的研钵中，迎来最大一次磨难
为人们倾诉最炽热的爱意
琥珀，甘，平，入心、肝、膀胱经
镇惊安神，散瘀止血，利水通淋

砒霜，是谁的砒霜，是谁的蜜糖

砒霜，一些人心中
是最凶恶戕害人的凶器，如刀刃锋利
如刽子手挂着鲜血淋漓狰狞的屠刀
砒霜，另一些人眼中
亦如医生切割肿瘤闪着寒光的柳叶刀
同样的严冬
是衣不蔽体穷人、老弱病残者眼中的炼狱
是摄影师镜头捉影的天堂，是孩童永不会凋零的童话世界
瘦枯的树杈在寒风中摇头晃脑
赐予了诗人灵感的萧瑟，加重了失意者的恓惶

一包砒霜静静地躺在保险柜中，凛冽惊悚，这
是谁的良药，是谁的毒药，是谁的蜂蜜，又是谁的砒霜
犹如畸爱
爱，是谁的幸福，是谁的溺爱，又是谁的纠缠
犹如疼痛
疼痛，是文学的春药，也是失去痛觉人的灾难
一场睡梦就可能让他被老鼠噬咬
而失去四肢指（趾）头
犹如困难
是谁的困难成天堑，又是谁的困难成垫脚石

一团云雾飘浮着
云是因为受到天空的压迫，雾是受到大地的举托
只是水蒸气浮在风中，其余与此无关
一小撮草绿
是生命的苟延残喘，还是生命顽强的闪烁
只是这草躲过了风霜与冰雪
并未忤逆四季

落叶飘零
是风中的无助，还是自由舞漫
只是顺应自然
那凋零中的黄
是忧伤，还是高光
只是生命的本色表达，最多是回光返照
那迷离中的白，是空洞虚无，还是想象的留白
只是一种颜色，充斥了满目
那旷野，是肃杀，也有静默的回响
只是空荡的旷野并非一无所有
那空寂，是赤裸裸的孤独，还是潜藏的丰富
空寂不是真空，我们缺乏抓住的能力

事物总是一分为二的，利弊
看针对对象，看大小稠稀
尔之蜂蜜，彼之砒霜
看到了自己的愿望，甚至自己的模样
或许医家在砒霜多棱镜的一个面上，看到砒霜有大毒
在另一面，还看到砒霜也有
蚀疮去腐、杀虫、劫痰、截疟等作用

珍珠的成长

有人把露珠比作珍珠
露珠清凉，一碰即碎
有人把星星比作珍珠
星星冷漠，永远触之不及
有人把眼泪比作珍珠
只有饱经沧桑慈祥老人的泪
才配，稀少，珍贵
没有偶然的人生
只有无尽的旅途
直到牺牲，付出所有
才有珍珠的光华

但也不可高看珍珠
珍珠出身低微
一粒沙石
响亮的励志，扎实的奋斗
密室里成长，成熟
岁月漫长，日子清苦
寂寞空大，辽阔，滋味窝憋
珍珠仿佛把自己修成高人
红尘看破
专心耕耘那片狭窄、矮小的

房间，修成道场，修成桃花源
反复磨砺
终成正果
把那一粒粒微小的文石晶体，脱俗
焕发高雅的神采
富态、灿烂、动人

历经沧桑，如是
每一颗眼泪
才能成为珍珠
成为财富
沧桑，磨砺，才是
珍珠一半的源泉
财富一半的源泉

珍珠为寒性药，味甘、咸
归心、肝经
安神定惊，明目消翳，解毒生肌，润肤祛斑

盐肤木的调味术

柴米油盐酱醋茶
是人们的必需品
如同人与人之间的关系
良师益友是食物，不可少
亲密的朋友，是生活的调味品
酒色之友，或许可有，或许可无
酒色重要，经不起生活的平淡枯燥
不在柴米油盐酱醋茶之列

盐是调料品，也是必需品
超出酱醋茶的范围
盐肤树是很懂得的
山再高，盐肤树也要把前世海洋的精华——盐
点点滴滴藏在灵魂深处
渗透到每一个细胞中
为的是搭好梧桐枝
搭好角倍蚜寄居的窝
原来角倍蚜也是需要调味的
这要胜过花，胜过果

低等的风景欣赏者是
把眼睛放在了风景上

高级的风景欣赏者是，一木一花
一草一石，一山一水
主动跑进视野中
盐肤木仿佛是个高人
酿好蜜静待，蜜蜂不招自来
做好房，静待角倍蚜带资自建
五倍子工程

一味盐肤木就是古人的半个厨房
可菜，可油，可盐，可醋，可茶
也是一味人工难以仿制的良药
中药五倍子，别名棓子、百药煎、百虫仓
盐肤木叶子上的寄生虫瘿
味涩性温，能入肺经、心经
敛肺降火，固肾涩精，涩肠止泻

灵芝的成仙梦

老盲师神秘
说给不用心弹琴的盲童听
祖师爷在药店留有一个秘方
神奇，谁弹琴，弦断千根后
显灵，让盲人眼开见光明
小琴师信了，自此发奋弹琴
日练月弹，小琴师成了老琴师
有一天，第一千根琴弦断了
这是满足盲人睁眼看美丽世界的时刻
老琴师匆忙到药店，被告知
载着秘方的纸是一张白纸
新收的小琴师盲童细声问道
师父，秘方显灵吗
老琴师沉默良久
缓缓说，我的师父说错了
不是断弦一千根，而是一千二百根
徒弟，我们继续弹琴吧

森林深处的灵芝误听了，以为
弹琴一年才会断弦一根
千年之后才能成仙
日长年长

每过一年便在盖面上画了一圈
一棵树借风传来他的讥讽
人们要求树木们大气
欲成大树，不屑与草争
你倒好，本是一株草，不量力
逆天行道与树争
九百年过去了，这片森林被开发成了一座城市
所有的树木成了时间的灰烬
成为“林中灵”的灵芝，盖面硕大
请进了同仁堂药店，成了名贵药材柜的迎宾招牌
被捧为镇店之宝

坚持不一定能如愿
但总有一定的收获
坚持下去，即使一寸冰土
也能盛开万朵玫瑰

灵芝，味甘，性平
归心、肺、肝、肾经
补气安神，止咳平喘

肉苁蓉的久久之功

地球还有什么作物这么盛产
沙漠上的黄沙铺天盖地，几乎遮掩了日月之光
除骆驼能够带出几粒砂砾之外，还有狂风
其实狂风也带不走一粒
如暴风带不走一滴海水
咆哮、横冲直撞之后
砂砾垒成比海浪高的沙梁
吹出比山谷还低的沙谷

黄沙如此稠密
狂风如此彻底
合力赶走了河流，雨水
还有很多的活物
这么巨大的黄色海洋
还藏了多少兵马
除沙丘在曼舞
阳光下，无你，也无他

若有，人们常见的只有
梭梭树，红柳树
抱着肉苁蓉在沙漠地下
从容淡定

仿佛一旦有了念想
寂寞就有了着落
仿佛一旦有了希望
灵魂就在路上
不要让肉体和灵魂都停在角落，黑暗
总得有一个在路上
肉苁蓉自此心无旁骛，一生只往上蹿挤
直至挤破沙土
往昔日夜，当前日夜
一千余个，片片皆为磨砺之剑
久久为功

梭梭树种苗长成要两年
定苗生长要三年
抱着肉苁蓉喂养要三年
肉苁蓉终于顶破沙地
伸出头的肉苁蓉显得如此
从容淡定，仿佛信手拈来
沙漠，梭梭树，红柳树
很明白，这都是厚积薄发的
沉淀
才把肉苁蓉挤到空旷
肉苁蓉也很明白
仅此一生，当竭尽全力

肉苁蓉性温，味甘略咸
入肾经和大肠经
补肾阳，益精血，润肠通便

乌药的成仙传说

服饵乌药成仙
传说很久了，早于
嫦娥服饵灵芝，张果老吃何首乌
王烈、封君达服食黄精
还有菖蒲、茯神、人参等仙药
东周灵王太子乔食用乌药成仙时
盛开的花，一直未凋谢
走到哪里花开到哪里，不离不弃

乌药，身在山野，在药店，在医院药柜，魂
一直在光阴中传播
成了千古传说的经由
比如，汉明帝永平年
剡县刘晨、阮肇天台山采药遇仙
比如，日本徐福墓侧乌药葳蕤成林
比如，唐代高僧鉴真东渡日本
治愈光明皇太后百治不愈的顽疾
元朝始，天台乌药列为岁贡、岁进之物
清代，天台乌药成为皇家青睐的养生之宝

从天庭到人间的距离
不可逾越的鸿沟

神话，传说却能够无缝衔接
乌药的功效或许是浓缩的神话
成仙一定是膨胀了乌药的功效
神就藏在天台乌药的
根茎深处
历经千年岁月洗礼，乌药
依旧不得蜕变
背弃自己无端的宿命

乌药，樟科植物乌药的干燥块根
行气止痛，温肾散寒。《本草求真》
“凡一切病之属于气逆，而见胸腹不快者，皆宜用此”

一味禅茶

茶是一味中药
让我上了瘾，难道我真的病了
茶如餐，结缘
和，清，敬，寂
茶，道直了，人，道通了
世界圆融了

青、黄、绿、黑、白、红6种颜色
茶叶穿着各色衣裳，沾满灵气
在人间温馨的氛围中穿梭
一盏茶的时光，柳絮飞扬，汹涌磅礴
一轮月缺人惆怅，蹉跎了一片好时光

一片茶叶你何曾不是修炼过
闭关于岩，闭关于峰
闭关于云，闭关于雾
人们对你还是有争议的
小隐于野，还是大隐于市
还有，你的价值，名门
除了出身，还有
被谁泡了，与谁泡在一起

茶不是有情之物
你不是被人摘下的一片新愁
几片叶子的简单，就冲淡了复杂的复杂
独守一杯茶的时光，多少人
看清世间浮沉，看尽世间百态，看懂世事浮华
一杯茶若能释怀，世人又何必仰天问苍天

茶噢，你没有显贵的名字
只是浅浅的温暖，还有薄薄的禅味
一壶长江水让你饮遍半个中国
我用一生的时间，用湘江的水缠绵着你
你浮沉着，黄昏里
追赶落日的余温，让我清瘦的日子
一次次撰写着中药的诗句，治疗着孤寂
牵扯医药不分家的故事

茶噢，你是前世里我的小棉袄
是我的毛孩子，梦境和依靠
在喧嚣缝隙的幽径上行走
我双手轻轻抱着你的忠诚
就像你轻轻穿越尘世清明的鸟鸣
就像江南女子柔眼波
感动我，温暖我

历代“本草”均说
你有止渴、清神
利尿、治咳、祛痰、明目、益思作用
还有除烦去腻、消炎解毒等功效

第八辑 DI-BA JI

中药物语

中药物语（一）

中药单纯的宣言

母鸡一鸣叫
宣告它下了蛋
一群中药一开花，宣告
藤上，枝上，土里
藏着中药
连神秘莫测的人参也如此
森林深处开着花，挤满火红的人参果
犹如小时候想要什么，恨不得全世界都知道
你瞧，中药是多么单纯

中药的二次“投胎”

中药材前期栽培生长
一般由基因控制
种瓜会得瓜，但后期经炙炮加工与医生调配
如同婚姻
是一个女人的二次投胎，结婚
是女人亲自选择“家人”的机会
而中药有改变的机会，却无选择

需要才珍贵

只有在别人需要你时
你才是最珍贵的
一旦不需要了，无论你之前
在别人的心里有多么珍贵，当下也会变得一文不值
人与人之间关系的本质是价值的互换
中药存在的价值不是互换
而是有没有及时性地使用
若需要，砒霜也是良药
若无必要，参茸也是无用

中药的靠谱

一个人，无论其当下
多帅气，或多艳丽，多金，多权势
你与他（她）可否深入交流
只有两个字：靠谱
人们对中药的看法，也不是看它
价格高昂或价廉，是否补益，是否贵稀，安全或有毒副作用
只有是否
对症，适合病情，解决问题

看透中药的脾气

对中药的认识一定要全面，了解其
四气五味，升降沉浮
功能主治，配禁忌

是否适应病情，如同
最适合你的人
从来不是那个爱而不得的人
而是看透了你脾气
愿意留下陪你的人
因此，有毒副作用的中药
只要适合病情，也必须用
关键是要全面了解这些药物

没有一无是处的中药

一个研究说：你虽然不完美
但你并不是一无是处
这在中药江湖上再适合不过了
在山野上一眼看去都是杂草
若识药性，这些都是珍宝
若识药性，懂得炮制，懂得配伍
毒药如砒霜也是良药
天下没有灵丹妙药，没有可用之物
只有庸医，只有无识之人

约束了的中药

关于中药“十八反”“十九畏”
是明确了的中药配伍原则
正如，当权力不受法律的约束时
没有人是安全的，包括执法者
问题是在医药实践中

不少中药不再是地道药材
逐利所致的中药质量下降，从而
严重影响了临床疗效
低劣质量的中药，犹如人们交往时的部分人
没有最起码的底线，无分寸
不信守承诺，欺诈，背叛

中药物语（二）

草本中药的安身立命

所有的草本中药
都要开花结果
这是对生命的热爱
对阳光、大地的热爱
如果哪一天什么都不热爱了
它们也是不知道，要用什么
来抗衡
生活中的鸡零狗碎
时光里的风雨雪霜

盆栽很萌的中药

人们很欣喜初见
然后，绿水难长流
两个人的心肠和灵魂
是很难有着最大的相似
然而，对适合盆栽的中药就不一样了
仿佛初见，就是重逢
天天如初见

中药的不亢不卑

这世界上，哪有相爱
不能在一起的人，如果有
一定是其中一个人撒了谎
真爱一定会不顾一切在一起
其他无非就是
权衡利弊罢了，没有例外
中药无言，以其禀赋为基础
以其内在物质为手段，典型的直男
不亢不卑，不凑合，不马虎
不投巧，不虚情假意，全力以赴
没有人间屈意从人
比如要求男人最好的聘礼
是一生的迁就
比如要求女人最好的嫁妆
是一世的理解

中药复杂如森林

中药不但成分复杂
一味单味中药就是一个复方
最熟悉某味中药的药农、药工
也不能百分之百地掌握，正如
村上春树有一句很经典的话：
“即便是你最心爱的人
心中都会有一片你无法到达的森林。”

中药在处方中的关系

处方中的各味中药之间有
明确的组织架构与协作关系
如古代社会的君臣佐使
从而服务一个目标
如同人间，任何关系都要懂得相互服软
轮流低头就一定不会走散
才有三国时的刘关张桃园结义
人间哪有什么天生般配
两个人，不过是一个懂得包容和迁就
而另一个懂得适可而止
相须，相使，相畏和相杀，以及相恶，相反
相互协助，相互牵制，牢固不破

中药有着巨大的差异

同样是人参，不要认为彼此之间
差别不大，造成临床效果的迥异
甲地种植人参的人参皂苷
不及乙地人参的人参皂苷的十分之一
是因为生长条件差异巨大
如同仿制茅台酒一样
同样的原料与工艺，结果
仿制茅台酒一喝味蕾就能感知
有人说地窖的空气是搬不过去的
不在同一个环境
理解的事物也不是一个状态

你在犹豫穿哪双鞋出去的时候
还有人可能连脚都没有
你想着减肥的时候
或许很多人还在想着如何吃饱
我们的眼界是如此地狭窄，以致误以为
我们能看到的地方就是整个世界
以为自己明白了一切
允许别人的不同吧，也让自己特立独行
也让自己海纳百川

处方组成分工如家庭成员协作

医生开具一个中药处方
必须遵循中医药理论
君臣佐使，以及配伍原则
相须，相使，相畏，相杀，相恶和相反
你知道家和万事兴的前一句是什么吗
一个家庭想兴旺：
父爱则母静，母静则子安，子安则家和
家和万事兴
老祖宗也总结得很好
爸爸脾气好勤快爱干活
妈妈就脾气稳定
家庭和睦，孩子就像小太阳
一个处方，君药决定了该处方药效
父亲决定了一个家庭的走势
父亲是这个家庭情绪价值底层的主要担当

中药物语（三）

限量版时光

物是人非
不能只是讲人
应该包括人类、中药、一切生命
再无聊的时光，再不堪的岁月
都是限量版的

中药的期待

花未全开，月未圆
或许是人间最好的境界
因为可让心有所期待，有所憧憬
但并不适合那些不以花为药的中药
饱满的果或块茎是它们的期待与憧憬
花谢了才是成为药物的开始

舍不得你病的中药

给你病的不能给你药，比如
风，寒，暑，湿，热，燥
给你药的舍不得你病，比如

补气药，补血药，补阳药，补阴药之类
包括：党参、黄芪、熟地、当归
杜仲、淫羊藿、百合、石斛、玉竹，等等

不说假话的中药

不要人后说是非
如果与谁有过节，也要善言几句
多个朋友胜过多个敌人
中药却没有这么世故、圆滑
苦就苦，甜就甜
毒就毒，益就益
汗、吐、下、和、温、清、补、消
八法，一点也不含糊
谁委曲求全，谁逢场作戏
谁就是劣药、假药

根茎很丑，健康喜欢

中药草本，装着太多的故事
美好乍现，惊鸿一瞥
谁又垂问了那些根
扭曲，苍凉，孤独
其貌不扬的根
从未体验过蝶舞蜂围
阳光雨露
不顾万世刺痛，不顾虫蚁噬咬
只傻傻地牢牢抓住土壤

奉献点点滴滴养分
给叶，给花，给果
最后还把自己贡献为良药

处方讲究“门当户对”

中药配伍是另类的“门当户对”
患者的病情，辩证施治，“十八反”“十九畏”
还有君臣佐使，不得随意调配
如同一个高情商、真正高档次的男人
会时刻照顾你的情绪
而不是只顾自己的面子
只想着怎么赢你，殊不知赢了面子却输了人
一个处方不能讲究是否有
名贵中药，而嫌弃茅草中药

中药协同不看身份

一个好处方的配伍
整体一定有很强针对性的
不能只看处方是否有名贵珍稀药物
每一味药物尽量发挥其协同作用
如同一个好的家族
不在于有多殷实、富贵
而是每一辈都竭尽所能
托举下一代更上一层楼
每一代都是阶梯
为了下一代，走得更高

中药物语（四）

用错了的药

热情对错了人，做什么都是自作多情
医家用错了药，再好的良药都是毒药

复杂的无解

人心是无底洞，掏不空，填不满
任何中药也是如此
博大精深，似人心，似海
再精密的检测设备
生长条件不一样
同一味药材不同个体就不一样
药物配伍不一样
药效就不一样
复杂到无解

知道自己模样的中药

人是善变的
无论有目标还是无目标
有目标的人在奔跑

感恩着，风雨无阻，勇往直前
无目标的人在流浪
抱怨着，飘浮不定
只有中药坚定着
不为风雨飘摇，患得患失
大地，风雨，阳光，是一面镜子
长着的中药不笑
镜子里的中药就不哭
中药时刻照着镜子
知道自己未来的模样

中药的功效

事情做成了，放个屁也是有道理的
事情没做成，再有道理也是个屁
但不适合的中药
没治好病人，抱怨中药无效是不公平的
治好了病，中药肯定是有效的

适用才是最好的

一位女子很漂亮
她自己也这么认为
如果你不这么认为
于你而言就是不漂亮
再优良的中药不适合病情
那就不如一把草
草还可以用作燃料

不可斗量的中药

不要笑马云长得像“外星人”
他都没笑你穷
不要瞧不起某草药灰不溜秋
味道太苦，太涩
殊不知救命时却不少了它
海水不可斗量
适合人类，也适合中药

只为明确目标而牵制协调

若仔细推敲中药配伍
相须，相使，相畏和相杀
君臣佐使
为明确的目标而牵制协调
其间关系的复杂程度高于人际关系
当前人与人相处
恰恰是为了身心愉悦，目标单纯
要么和灵魂有趣的人结交
要么和简单淳朴的人相处
没有，那单枪匹马又何妨
与有同趣的人，能尽兴而谈倾心而交
与善良的人，能有安全感，彼此温暖，真心相处

中药物语（五）

中药的捆绑

婚姻无非就这三样
一起吃、一起睡、一起聊
吃：经济利益；睡：生理和谐；聊：灵魂伴侣
满足一项，婚姻就能苟延残喘
若无一样，就没有必要继续相互捆绑了
不然图什么呢
中药配伍形式如同婚配，内容复杂
必须适用病情，具体目标明确
然后在辩证基础上
考虑君臣佐使，讲究
相须，相使，相畏和相杀

疗效是第一核心

中药处方
最核心内容是疗效，如同家庭的
第一核心，永远都是
经济，而不是情感
穷时，考验的是妻子
富时，考验的是丈夫

一个处方不抓住疗效
便是毒药，至少延误了病情
医生处方务必实事求是，因地制宜
而不能凭它是不是名方
是多正确、多安全，为多人所用
从而按图索骥

中药生长也很努力

能毫不费劲做到的
只有贫穷和衰老
其他的都需要努力
草木也是如此
森林里没有一株草不是踮脚
拼命向上生长着的
玉竹、地黄、黄精、人参，等等
需要移栽，需要轮栽、轮种、倒茬或调茬
够努力，够拼的

望文生义用错的中药

人生最悲催的事是
胸怀大志，却虚度光阴
长得像人参的土人参
名不符实的
狼毒、海金沙、虎杖、千金子、紫河车
叫着龙的天龙、地龙与穿山龙
若因望文生义而高估用错了

必是一场悲剧

用了才有价值

智慧无法伪装
如果没用就等于没用
中药药效也一样是实实存在的
如花，开与不开都是花
同灵丹妙药一样，若不用于疾病
就一无是处
同理，用了的钱才是钱
否则，是遗产
是一堆花花绿绿的印刷品

功德圆满的中药

瓜熟蒂落
适合多年生的中药
比如人参、白术、黄连、重楼
与人间很多事情一样
都是水到渠成的，急不得，躁不得
任何美好不会轻易降临
吃够了眼下的苦，才有未来的甜
美好才会顺理成章地来临
如同这些中药晒足阳光
吃足风雨，又经多年时间的酿造
才成熟，才功德圆满
人们才能心安理得地使用

中药的价值

一个人的出息多大
取决于他对待自己时间的态度
他让时间有价值了
时间就让他的生命更有价值
你看，人的权力是多么地了不起
中药到底有多大的效能
不全由天时地利决定
人的决定作用尤大
人的经营，人使用药物的智慧
足够左右
蒲公英的自由由风给予
人就是风，予夺着中药的效能

中药物语（六）

种瓜不得瓜的障碍

知识是通向真理的唯一捷径
也是达到真理的最大阻碍
白及基因的稳定是决定它是白及的唯一途径
也是它成为白及的最大阻碍

不经风雨，难成正果

任何人的人生
没有平淡
活着就得折腾
就得有风雨
同样，温室里盆栽的中药
花开得漂亮，叶也翠绿得发亮
但大概率果实与根是不能做药的

药食同源新说

人生不可设限
任何人的眼前都是一片开阔的原野
没有固定的赛道

一味中药一出生就坚守稳定
包括药性、药效，还有生长环境
如果有时看似没路了
高明的中医说要转弯了
这味中药的作用就设不了限

讲缘的“药对”

中药大家族里，有很多奇妙的“药对”
理气搭档：陈皮+半夏；清热搭档：金银花+连翘
润燥搭档：沙参+麦冬；祛湿搭档：赤小豆+薏苡仁
其实，中药的配对十分讲究“缘”
如同爱一个人，讲缘
在海边捡贝壳
不要去捡最大的，不要去捡最漂亮的
要找你最适合的
一颗最喜欢的、最适合的

中药的底线与偏性

药物如同善良一样
一定要有底线，力弱莫负重
没有金刚手段，莫谈菩萨心肠
凡药三分毒，药物有偏性
四气、五味、归经、升降浮沉和毒性等
四气：寒、热、温、凉
五味：辛、甘、酸、苦、咸
人们因此用于疾病防治

不亢不卑的定位

中药是不亢不卑
不在乎自己在别人眼中的定位
你所见即是我中药，好与坏也都是我中药
懒得解释，也没有必要解释
人们觉得我中药怎么样，那就配怎么样的中药
人们却一直在改造着中药
改造筛选种子种苗，人工栽培
炮制加工，配伍，成药生产
全链条地改造，有的挖掘潜力，扼住毒副作用
有的改造得面目全非
非我中药之族，强塞了不少非属性之内容
不知是进步了还是退步了

理性稳定的中药

中药是理性的、稳定的
一切以自身物质基础决定自己的作用与地位
不要因为一时的共情就放纵自己，除非人们强行地改造
人们如何看待中药，那是人们的课题，不似人们看待彼此
很多人不自觉地苛责、否定自己
其实那并不能为自己带来真正的改善
反而会增加无力感和焦虑感
中药不言，一直摆正自己的位置
稳定自己的心态
不急不躁，不卑不亢，并谦恭着

中药物语（七）

积蓄是启航的起点

川椒、青葙子、菟丝子、草豆蔻、韭菜子、决明子
一一贮备在仓库中
这些种子，仿佛他们
每次归程
都是为了更好地出发
每次停歇
都是在积攒力量

打破条条框框

世界上条条框框那么多
中药栽培规矩也不少
阳光怎样，土壤怎样，气温怎样等
第一个大学老师，不是大学生
所有中药开始时都是野生
不必格格都入，遵守规程
冬虫夏草一个格也不入
人工无法栽培
大蓟逢土就长
一种热气腾腾的生活状态

去追风

丁香、白芷、小茴香、八角
去了人间一趟
染香了人间烟火
回来劝说香薷、胡荽、紫苏、桂枝
人间值得
不必等风来，不如
追风去，遍历山河

中药的丰收

中药的丰收，就是
当季，全力以赴
把一切都献给现在
才是对未来的慷慨

阳光是一味中药

没有阳光，人间是不可思议的
阳光不只来自太阳
也来自人们的内心
心有阳光
必有诗和远方
阳光也是一味中药
一味重要的补药
是中药的色彩

也是中药庙宇构造的砖瓦与材料

自由是一种高品质的营养

无人问津的渡口
不只是舟自横
还有开满的鲜花
野生中药材如野生动物
精气神远强于萎靡不振的动物园动物
药力、药效，野生高于家种
野花香过家花

孤独而卓越的野生中药材

女人因优秀而孤独
男人因孤独而优秀
野生中药材也是孤独而卓越的
这个物竞天择的世界上
扛得住岁月摧残的，就是你的才华
与你的强大和顽强的生命力。倘若被辜负
余生孤独又何妨
花开花落皆由命
一生很短，不过是朝落与春秋
一生很短，不过是温暖与相伴

中药物语（八）

花开便是微笑

笑，人类无师自通
可以让你战胜敌人，包括自己
鲜花开放，是草本中药的笑
招蜂引蝶，结果
挂果，繁育，物种存续

中药的对立

人与人，有许多矛盾与对立
是吸引人的地方，又是灾难的开始
中药有“十八反”“十九畏”
也有相须、相使
一服中药，没有君臣佐使配伍
是一群散兵游勇
很难完整地发挥效能

不为名声与期望所累

人若无名
更好专注用心

别打扰那些中药材
它们正用心生长
中药材的精气神
野生的好于家栽的
家栽中药材承担了额外的
期望，类似揠苗助长

中药材的随波逐流

很奇怪，社会教育每个人
不要随波逐流
若按他内心的活法去活
不是疯子，就是传奇
很奇怪，人们却希望
每味中药要按人们期望的方式
生长成熟，结果
画虎类犬，李鬼充李逵

中药材的两本存折

人要有两本存折
一本储蓄财富，一本储蓄朋友
人们也希望一些中药
也要有两本存折
一本储蓄风景，一本储蓄药物
或一本储蓄食品营养，一本储蓄药物功效

必须打顶

人生在世，什么都少
只有无奈最多
草本中药生长时，什么都多
虫害多，雨水多，阳光很炽热
尤怕藤长与叶多
因而需要去打顶

为救人而救人

人参，请你到长白山以外的世界，多走一走
你会发现钱和权可以换回来
很多东西，包括人命
不如，你为救人而救人

适量就是最好

有时候造成敌人的，不是仇恨，是溺爱与惯使
重楼生长得不好的原因，不是阳光不够，不是雨水不够
恰恰相反，是它们过量了

最小的种子也有世界

斑叶兰的种子是世界上
最小的植物种子，5万粒种子，只有0.025克
但微如灰尘，也成了世界
全草性味甘辛平，清热解毒，补益肾气

中药物语（九）

药材道地的重要标准是坚持自己的禀赋

不管全世界的人
怎么说，怎么做
道地中药材
绝不能打乱自己的节奏
按照药性，自然禀赋
不亢不卑，不紧不慢
坚持生长
不考虑人们的喜爱
否则，报之以劣药、假药

需要锱铢必较

中药本草，不似谦谦君子
很多东西，不是我要，就放弃
很多人，不是我留，就不纠缠
自然界内卷胜过人间
生存空间很窄
即使蔚蓝的天空下阳光普照
也像指缝的阳光
漏下斑斑点点

所以，锱铢必较
才有一群矮小中草药
积雪草、金钱草、鹅不食草
田基黄、透明草、马蹄金、车前草

配伍的不合理是灾难

米可果腹，沙可盖屋
二者掺到一起，价值全无
“诸参辛芍叛藜芦”
人参、丹参、沙参、西洋参等
再滋补的参类也经不起藜芦的催吐

不贪婪阳光的生长

多年生的中药草本
热爱阳光，热爱岁月
很聪明，如接受零售一样
只爱一点点，然后
一节节、一圈圈精巧地贮藏着
而一年生的中药草本
像笨人渴望爱一样，让自己一次爱个够
看起来蛮力十足，暴力十足
结果脆弱，不堪一击

不能贪多求全

不要贪图同时抓两只兔子

结果一只也抓不着
根深才能叶繁，但不能奢望
女贞树
一方面枝繁叶茂，一方面女贞子似繁星

耐心与珍惜

地球庞大，自转一圈
白天变成黑夜，黑夜变成白天
需要一天
萹蓄变成萹蓄，刺蒺藜变成刺蒺藜
需要一年
黄精变成黄精，需要五年
重楼变成重楼，需要十年
成为龙骨，成为琥珀
需要几百万年，并且没有
龙骨变成龙骨，琥珀成为琥珀
所以，要耐心，要珍惜

中药的对待

人们对待中药的态度
实在很实用势利，如同
情侣热恋时感叹上辈子积了什么德
夫妻结婚后怀疑上辈子造了什么孽
雪上一枝蒿，大毒
治病时视为世上的良药
无用时就是一味毒药

中药物语（十）

中药的一种生存法则

善良如果开不出花
那就让它长出刺
玫瑰花不走极端
既长了花又长了刺
成了花皇后
雪莲花干脆躲在极地雪山上
成了纯净的名贵药花
槐花也高高地挂在槐树上
飘香四溢

没有所有的好荣集一身

好看的，你若喜欢
就认为适合你，错了
好看的雪上一枝蒿
你不能喜欢，有毒
却利于某些病
好听的人参
你喜欢，大补
却不利于某些人

这不能说是雪上一枝蒿的错
也不能说是人参的对

最终的喜爱是最好的功用

人们喜爱一些中药，如同喜欢一个人
始于让人舒服的言语
终于让人舒服的人品
热水治不了百病
情话过不了一生
厚朴、牡丹花漂亮
皮是中药而为人所喜爱
白芍、射干、鸡血藤
为人所喜爱是因为
根与藤是良药

刚刚好才是最好的

中药世界同人间一样
没有绝对，没有完善
不是非白即黑，非此即彼
没有完美的人、关系、工作
没有灵丹妙药，没有绝对的毒药
刚刚好，不是绝对好
意味着一切处于自然状态

中药物语（十一）

应约而来的信任

今年天气忤逆
风不顺雨不调
四季模糊
到了夏季
麦冬花在草丛中羞涩探着
鸡蛋花傻傻的表情又那么诚实
只有凌霄花爬在墙上高歌一首
它们应约而来，所有信任
从这一刻开始
各有各的功效

再微弱的生命
蜈蚣、蝎子、水蛭
它们早在诸类本草经就说
有毒，但不偷袭，不卑劣
中药书上，它们应该得到尊重
哪怕它们只是心肠如蛇蝎之物

了解了就无从伤害

不被了解的人，也寸步不行
身在浩瀚的宇宙
人们不了解
砒石(红砒、白砒)、砒霜
水银、生马钱子、生川乌
生草乌、生白附子、生附子
生半夏、生南星、生巴豆
斑蝥、青娘虫、红娘虫
生甘遂、生狼毒、生腾黄
生千金子、生天仙子、闹阳花
雪上一枝蒿、红升丹、白降丹
蟾酥、洋金花、红粉、轻粉、雄黄
闻之色变
一旦被医家了解、掌握
就是锁在保险柜中，方寸之地
其效用也是海阔天空

灵丹妙药是个童话

是药三分毒
大补之品，不能滋补每个人
灵丹妙药只是童话

不言说功过，是种清醒

人类自诩救星，其实

只是地球的癌细胞
只是良知的癌细胞
人参是补气的一个要药
有补气、固脱、生津、安神、益智的作用
但它从不言说，从不夸耀自己
这或许是种难得的清醒

适用才是缘

如果辩证对了，又找对了那些中药
忘了词，它们是曲
暮色中张望，它们点亮了灯
如同有缘人相遇
你在等待未吱声，他很默契地走过来

中药物语（十二）

这就是诗香中药

任何一株中药都如同一个有故事的人
它是时间之小船，也是时间本身
既来自久远的年代
也是活在现代，活在当下
古老而新鲜
此刻被我们遇见
便是一种神秘的交会
无数次观察、记录
与它们发生着秘密的共振
一株中药草本根系深入泥土
果实、花朵、叶子、枝条向着高远的天空
自由、自然呼吸着生长着
风令它摇曳多姿，却不能撼动它
这就是诗

中药生长营养不可偏颇

温室的花朵是长不好的
中药栽培条件过好，品质不会很好
如同每个人不愿吃两个东西

一是吃苦，一是吃亏，是最好的东西
酸甜苦辣不可偏食
都是人间的营养
同理，中药才有
适合的四气
寒、热、温、凉
适宜的五味
酸、苦、甘、辛、咸

道地的辩证

中药道地是个相对的概念
环境大致相当
过程不变，结果不变
其实，同一产地环境是变动的，不会雷同
一龙生九子，九子也不同
如同每个人所理解的历史

中药的适宜标准

人们总苛责中药标准很模糊
标准不能单一肯定
标准应有相对的范围
如同这世上有些事不是做得更好就行的
做得太好反而影响了平衡
一个水桶装水多少
不取决于那块高木板，取决于那块短木板

中药草本的美

诗歌是离不开草木
美也是离不开那些草木
蓄含了种种静态美
中药草本常给人一种美的惊悚
带来喧嚣所没有的惊艳
仿佛那些花朵成了春天的小眼睛
成了生命天宇的精灵
成了病人的清溪流水、日月星辰

用适宜的量才能利于病

凡药都有三分毒
说的是量与服用时间
利于病时可能不够坚持
如同没有经过时间的沉淀的喜欢
可能转眼成了厌烦
不利于健康是过量了
如同过度的热情总显得可疑

中药物语（十三）

刻骨体验

凌霄花是个顽强的中草药
积极攀爬，目的是登高望远
心辽阔，容纳更多的故事
即使最后都还给岁月
难道，凌霄花的世界如人世间
风景非亲身经历感受深刻
感受，其实是梦里抵达的地方
同样可以真实刻骨
雪莲花却是这样认为

活出内在生命

别瞧不上中药草本
只要生长着
就会把宝贵的内在生命活出来
什么都不会错过

效率不能涵盖一切

如果还有一件事

不应该追求效率
那就是爱情
不全对，
还忘了另外一件事
良药制作
虽然烦琐也不敢投机取巧，随意而为
药材虽然贵重也不敢缺斤短两，以次充好

水到渠成

不挤用时间去创造自己想要的生活
必定花费巨量的时间应付自己不想要的生活
中药的世界里
如果焦虑时光，去催熟，去追求效率
得到的不是劣药，而是假药
尽量沉下心来，按规矩来
才会水到渠成，自有好的结果

中医药进化，自然阻力最小

自然进化，遵循的方向与路线是
阻力最小，轻舟过万重山
中医药的发展史说明
中医药进化是日常的衣食住行
并逐步递进

人间不轮回

月季花有轮回的四季
花色还可以丰富多彩
人间没有轮回的人
每个成年人的世界
除了生命的终点越来越近
其他任何的都是渐行渐远

中药物语（十四）

对日子诚恳

真羡慕千年健草药
孤独是它长久的朋友
生根，发芽，长叶，开花，结果
对日子诚恳
不漏一滴雨水的滋润
也不弃一丝阳光的温暖
不似人们，总是为了
太多遥不可及的东西去奔命
却忘了人生真正的幸福
连地球也只是宇宙的一粒微尘
何况地球上的万物
顺其自然，健康快乐
就是最好的一生
对生命最大的敬重

马虎只会失去本真

铁皮石斛没练功夫
请温柔一点对待
无论何物，不过是宇宙的孩子

和别的植物、星辰没什么两样
为表示自己是谁，自己来过
不妨生长就苛刻一点
一旦马虎，就失去自己

给自己以时间

不要焦急，如同
人参、白芍、金蝉
给自己以时间，给时间以时间
一步一步来，一日一日过
偷偷厉害
万事尽可期待
万事才可水到渠成

活着就是世界的一缕光

独活、四季青、白薇
事实上是
为别人活着，也要为自己活着
人们忙着寻找人生的意义
总是一无所获
看看那些中药，茫然无知
生根发芽，开花结果
装饰世界
不让大地沙化，不让阳光晒裂岩石
我们不能立刻让这个世界变得更好
但也是大地之子，阳光演绎的一环

也可用生命的日常打闹打闹世界
也是一缕缕暗光

不进步就是谷底

龙胆草、黄柏、密蒙花
一旦不发芽，不钻出地面
就意味着生命的终结
一个人，如果停止进步
有人说是瓶颈，是高原
其实就是谷底
如果还在继续，才是上坡

从容是人生的屋檐

苁蓉生长从容
发现许多中药生长
坦然接受，没有半分怨悔
雨露阳光、霜雪烈日
四季的轮回更替
开放的季节里选择开放
凋零的季节里选择从容离世
何处何地，一如既往
优雅从容，不为万物所动
中年以后，学学这些植物
把从容优雅做成自己的屋檐
不要四处躲雨了

中药物语（十五）

热爱阳光

鸡冠花、刺猬皮、地龙、天马、锁阳
一切中药的生存都离不开阳光
或直接或间接利用着
阳光的温暖、和煦、无排他性
不以一己之心来确定善恶、美丑、是非的标准
与阳光为敌，就是与自己为敌
与阳光过不去，其实就是自己害自己

收藏阳光

看了动物世界
生存不易，任何生物都是食物链的一个环节
桔梗、天竺黄、猫爪草
一切中药草本
生命从萌发到成熟
承受了太多压力与不屈
只是无言，无语
越险恶艰辛，越知难而上
用上千万年的光阴
阐释奋斗的历程

因为，阳光是母亲
一切都是阳光之子
海洋是美丽的女儿，大地是温顺的儿子
地球上所有生物都是儿女
沐浴着阳光的无私和大爱
阳光总是不离不弃
无声无息，无处不在，无时不在
人的一生，苦也罢，乐也罢，得也罢，失也罢
要紧的是心间要收藏阳光

远航人的收获

我发现很多中药是低矮的灌木、小乔木
以大乔木为药味屈指可数
是古人采集困难所致，还是其他原因
每当你采挖人参、雪莲花、铁皮石斛
或者一切野生的中药，如同远航人
每当远航归来，他总有故事可说

中药道地也是一个拖着的世界

一方山水养一方人
近墨黑，近赤红
每一个人身上，都拖着一个世界
由他见过、爱过的一切所组成
即使在另外一个不同的世界里旅行、生活
他仍然不停地回到自己身上拖带着的那个世界
这样，我们就好理解中药材的道地了

活得像中药草本

浮萍、怪柳、谷精草、天花粉
它们知道前生后世，知道自己将要走的道
人生，很少人能看透，不知道
自己旅途的未来。不知道
哪些是自己需要的
哪些是不能得到的
哪些该忘，哪些该珍惜，哪些该放弃
忘了旅行的意义
一味狂奔，劳而无获
唯一要做的是，尽心尽力做好自己今天的事
坚持初心，活得像植物，好好生活

枫叶红，路路通

又高又大的枫叶树百余株
满树枫叶已是染霜，一树树叶红如一堆堆
淋不灭的火焰，下车漫步树下
那一条乡村公路，看景
也拾路路通
不求路的尽头是我家，但求
此路长点，多弯曲
多看点景，多拾点路路通
也祈这路如枫树果一样
路路通，处处好风光
胜过枫叶红

中药物语（十六）

人生自有安排，如龙血树

能活几千年的龙血树
很清楚基因，早已注定自己的前生后世
冷冷看着生命不过百年的人类
焦虑，折腾，埋怨，单相思
生活不需要比别人好
但一定要比以前过得好
人生最幸福的事，不是活得像别人
而是在努力之后活得更像自己
其余的其余，人生自有安排

适宜就是最大的自由

对于豨莶草、香附、浙贝母
阳光、雨水、肥料、温度、地理位置
都是资源
不是越多越好
适宜才是它们的自由
与人世间的自由有点不一样
当资源大于欲望，就是自由
说到底，科学运用才是自由

用心，才能识别

我国目前的中药资源总数达到18817种
同名异物接近三分之一
名称相同，药材不同
白附子分禹白附与关白附
防己有粉防己与广防己之别
草河车有重楼与拳参
沙参有南沙参与北沙参
五加皮有南五加和北五加
等等，功效相似，来源不同
化学成分完全不一样
处方投料时须予以区别
犹如人间似是而非
你必须内心丰富
才能摆脱生活表面的相似

山不让尘，川不辞盈

荒漠生长的锁阳
海中生长的昆布
雪峰生长的雪莲
我国中药材居然
多达18817种，真是
山不让尘，川不辞盈

缤纷多彩才是世界面貌

生活从来都是泥沙俱下
鲜花与荆棘并存
地球生存了数量庞大的中药材
性味不同，辛甘酸苦咸，还有淡涩等
归经不同，功效不同
升降不同，汗吐和下温清消补
如同不完美的世界，没有完美的人
世界才缤纷多彩

中药物语（十七）

脚比路长，人比峰高

看到长在雪峰的雪莲
看到挂壁在峭壁的石斛
看到戈壁滩生长的黄芩
看到埋身在草地的冬虫夏草
再看看那些成功者，明白
没有比脚更长的路
没有比人更高的山
没有做不到的事
只有想不到的人
阻挡人们前进的不是高山大海
往往是自己的犹豫不决与瞻前顾后
甚至是鞋里一粒小小的沙粒

好花知时节

过了时节的野山菊
瑟瑟发抖，寒风呼啸
好花知时节
我们对自己是严苛的，什么都没有
没有资格去享受

等拥有了，却没有时间去享受
要坚信
这所有的，你都值得拥有

时间就是速度，时间就是力争

拔苗助长
刚栽上的橘树，日日盼望
恨不得马上结橘
天天浇水，施肥
结果橘树经不起这一补，挂零了
不要焦虑，万物不偏方向
自然水到渠成
走得最慢的人
只要他不丧失目标
就比漫无目的徘徊的人走得快
唯有相信时间
时间就是速度，时间就是力争

不可以貌取人

以貌取人，草率了
常叹息海水不斗量
了解一些中药后
有独特疗效的恰是那些低微不起眼的中药
外观往往和事物的本身完全不符
世人都容易为表面的装饰所欺骗

幸运的不设限

中药的世界，讲究
种瓜得瓜，种豆得豆
命运如同手中的掌纹
无论多曲折，终究掌握在自己手中
这掌纹就是基因
人也有基因，但很幸运
只要不给自己设限
人生中就没有限制你发挥的藩篱

人生需要打磨

一些中药草本
需要修枝，需要打顶
一个人的成长
没人对你说“不”的时候，你是长不大的
凉风把枫叶吹红，冷言让强者成熟

适合就是美丽的

诗人说
不要人夸颜色好
只留清气满乾坤
世间之美，皆是红尘路上的一脉馨香
中药世界，很实际无大小之分
适应病症就好
解决问题就好

中药物语（十八）

最后的情绪

杏仁、山楂、枸杞子、远志
草果、巴豆、莲子、女贞子
这些中药，生来平淡，一生一世三无
无家世显赫，无面貌倾城
无疗效灵妙
也惊艳不了青春，也斑驳不了岁月
可它们依然想在温暖时光下
茁壮成长，心无旁骛
努力弥补自己平淡出身
以图后期绚烂绽放
总是在某个瞬间
瓜熟蒂落
把积攒了一年的热情
啪的一声碎落了
仿佛情绪爆发，连同灵魂沦陷

可怕的懂事

麦冬、木贼知道
没有一味同类会陪它们直到四季轮回

就学着做自己的太阳
翠绿，开着自己的小花
习惯独自生活
把所有的委屈都咽下去
仿佛懂事得可怕

冬藏，不是停止分享而是孕育

冬来了，万物萧条，仿佛
停止分享就是散场的开始
大自然是最奇特的母亲
用冬藏孕育亿万生命
一缕春光柔媚，万千生命相拥而至
无限生机如海浪滚滚而来，诚如
紫檀未灭，我亦未老去

必备的防身

那些善于防身的中药
譬如，刺蒺藜、皂角树、玫瑰、月季、苍耳子
刺是它们古朴的篱笆
说明它们并没有把生活想象得太好
也没有把生活想象得太坏
它们很客气地防范着什么
并不凶狠地表示拒绝
那么，我们也要学点什么
常备一些药物，如玉屏散、黄芪
艾叶、紫金鞭、杯苋

还有一些必备的医药常识

大同的世界

中药世界里，有“十八反”“十九畏”
但生长时，世界是大同的
小喜欢小，不会欺负小
憨喜欢憨，不会愚弄憨
单纯喜欢单纯，不会伤害单纯
天真喜欢天真，不会糟蹋天真

医家手中的君臣佐使

生物的世界里，有高低之分
差别如云泥之别
中药材世界，我们更多看到
每味中药都是一个国王
在自己的世界里纵横跋扈
你不要听我的，但你也不要让我听你的
配伍复方中，君臣佐使
全凭医家调遣

中药物语（十九）

告别家乡

那一年，少年中药身壮龙胆有远志
求学，工作，创业，打拼……
薏苡离开家，父母觉得
儿子很厚朴，是个葫芦
栀子当如紫苏子，不如石膏高
出门在外会吃黄连苦
儿子心定如磁石
只得胡荽，不留行
吩咐道：金窝银窝不如自己的燕窝
不要等到屋顶长上甘松后，当归
茴香、海金沙
炒了盆绿豆，塞了一把南瓜子
还有决明子，嘱咐道多吃
眼睛明亮千里光
少年知母娑罗子，内心五味子
顺手把装着金钱草的青黛挂在水牛角上
先骑驴，后坐紫河车
最后骑上了海马，使君子开路
天麻蓝了，天南星高悬
一路水银月光，一路蝉高歌

左花椒熟了，右花蕊石满卧
一路路路通
来到生地，不及家乡熟地

奋斗创业

眼前是你梦想的地方
平原山地，星辰大海
这不是大川之地
也长有川木通、川木香、川楝子
也有川乌、川芎，不见川贝母
你满腔热血，开启了人生新征程
世界很精彩，却也前程如白前
白芷、白芍、白术、白鲜皮
不见靓女白薇
经验不足，起步就跌倒
或许分寸拿捏不到位
世界一冰片
看着窗外的忍冬藤挂着百草霜
海马说，以梦为马走得最远
三七说，凡事三七开，七分抓重心
益智仁说，走出来的路才属于自己
忍受5倍的痛苦渗透中药的龙骨
人生才有红景天
点燃雷丸，服下黄药子
如密陀僧，重做商陆
披斩刺蒺藜，拔光刺猬皮
抓紧海风藤，骑海龙抓鳖

一路捞海浮石，一路拾海蛤壳
如果浮萍扩大生长范围的话，继续去捕捞
海金沙、海螵蛸，还有海藻、海桐皮
抓住红大戟出发，重爬重楼
寻找穿山甲，捕捉穿山龙
不弃穿心莲
敢于落草，才会见着
草果、草豆蔻、草乌
大山深处有山珍
山慈菇、山豆根、山羊角
山药、山银花、山楂、山茱萸
人生就应该像阿胶
在炽热煎熬中得到凝练
人生更应该像石膏、血余炭
在烈火焚烧中追逐雄飞蛾的辉煌

中药的爱情

生姜彷徨，失去麻黄才懂得
佩兰神伤，失去藿香才明白
失意迷茫的苏合香
失去大黄的豪爽
却有夏枯决明穿心苦
躺在蛇床子上，点一灯盏花
用玉竹做笔
点着朱砂磨成沉香的旱墨
在破故纸上写下相思天仙子的百部情诗
描绘着紫菀的樱桃小嘴、杏仁大眼

在茵陈往事的追忆里
月季如白芍敛香，茜草含羞
如丁香，似铃兰，尔香清远面若桃花，微露白贝齿
八角枫下相逢一见喜
十年约，鹊桥遇。如今
情缘覆盆之后难以续断
也无法再与君合欢百合
甜如蜂蜜和饴糖的文字
却像两面针和白蒺藜一样
字字苦参商，如针刺
痛彻忽明忽暗的灯芯
泪干后是血余血竭
在昆明海棠上撒一把天花粉
纵使要喝下这狠毒的酒
忍受白花蛇舌的断肠之苦
也要忘了这段芡实的感情
自然铜伸筋独活，高歌霞天曲神曲
骑仙鹤驾五爪龙，去西洋参佛悟道吧

时间哪里去了

人参不要问夏天无
半夏的时间都去哪了
檀香留心观察着乌龟
血竭不熟悉地吃喝拉撒
熟能生巧了
伊川贝那里有，侧柏叶那里也有
侧柏子仁、石斛、灵芝的时间脚印

黄芪、葛根、雪莲花的收获
旋复花请再注意观察何首乌白头翁两鬓挂霜满头银丝
那片片四季青叶被岁月染白
见证莲子荷叶光阴流逝的去处
时间躲进桂皮，怪柳脸上的纹路
泛起胖大海心中的涟漪
罗汉果的无形中变有形
记录这班小学同学
芍药、丹皮、杏仁、桃仁
橘皮的时光荏苒
讲述香料家族
白胡椒、黑胡椒、八角
花椒、生姜、姜黄、茴香、香草
丁香往日的故事……
辛夷时间都哪儿去了
从木香的生活圈子里
寻觅“鸡血藤”四季轮回的影子吧
时间踏遍甘草
土伏苓日常衣食住行
早已留给砂仁
大腹皮深深浅浅的痕迹
常山的“时间”没走远
细辛的“时间”始终和橘属这个大家族
包括陈皮、青皮、枳实、枳壳、橘红、化橘红、橘核
橘络、香橼在一起
仙茅时光总是来得悄悄
蒲公英走得又轻轻
赠予桂枝的

只是黄连的回忆与百合花的留恋

中药的衣食住行

吃

当时，徐长卿从礞石端上
羊碲碎步走过
乌梢蛇蜿蜒山径尽头，远行
茯神专心撩拨低垂的络石藤，返入猫爪草世界
木蝴蝶翩跹，蟾蜍声声
金钱白花蛇，正吐着红信子抗绝冬眠
侧柏叶挂上了侧柏果，饱满而藏着盈着油脂的柏子仁
大枣红了，枸杞红了，柿蒂牢牢抓着的柿果红了
漫山遍野挂满了红灯笼
木贼不会惦记着，也不是僵蚕、水蛭的美食
松针上缠裹丰润的乳白色针叶蜜
这是黑熊珍爱的饮品。当菟丝子在枝叶之间
穿梭，透射而来的阳光激起轻雾如轻粉浮起
穿着黄色马甲的虻虫提前蹿入梅花、芫花梦想的春天
桃花、梨花、金银花紧握阳光的食指，百合借力怒放
接着葛根花、鸭跖草花、威灵仙花……依次盛开
这一树树人间染上的五颜六色的雪片
是益母草今生的粮食

穿

穿山甲已经打磨好石斧

在长满皂角树与刺桐的世界上
最初，珍珠一般分散着我的金樱子兄弟姐妹
然后，我们围着，让石榴皮紧紧包裹着
一人占有一个蜂房，挤在一起
佛手穿着一身地骨皮，风雨再大，也是可以防风防己
当然，一身鹿角霜雪沉积
穿不过蟾皮，还有椿树皮
白花蛇舌草、威灵仙、淫羊藿
龙葵、金樱子、栀子、泽泻
前胡，仿佛采撷白云
挟持阳光的残片，做成裙
做成棉袄，做成小礼帽
鬼针草撞到金银花，山楂碰见芍药
乳白石蒜致意墨旱莲
梅花与石榴，豌豆与猫须草
断肠草又与谁？三生痴爱，不舍昼夜
彼此是对方的棉袄，层层包裹
葱的圆舞中有月亮旁观
沙棘光线锋利，密密匝匝缝制大小蓟的血肉

住

地龙居住在通草心中的
是海蛤壳生活过的海水
海金沙的海湾里海金沙藤慢爬
海藻小心翼翼护着海狗肾
昆布水中飘逸，海风藤长发呼啸
珊瑚菜摇身一变成北沙参之前

风中有马齿苋酸寒的流云盘桓
居住在荔枝手中的，是蛤蚧的龙眼
老鹤草反复打磨，最终保持了炉甘石的面容
握紧寒水石时，总有锋芒令滑石指掌作痛
与伸筋草相邻而居住的，是铁皮石斛、石韦
葱白一样地纯粹
远在冬天的五味子，冰封雪冻
西红花没有如
地脉冬眠，硫黄嘶嘶剥裂
柴胡点燃自己，桔梗孕育爱情

行

远方是白及的幻象
扁豆、绿豆、赤小豆
决不做淡豆豉，乘风远去
冰雪不再是板蓝根的幻象，在密蒙花的鼓励下
来到刘寄奴的故乡
牡丹山谷蛰伏着
瓦楞子、石决明、牡蛎、胖大海、鹤虱、巴戟天
星光对峙
寒冷是忍冬藤的梦魇，如射干落瓣的沉陷
闻到紫花地丁花香的傍晚我们狂饮，醉死九香虫
大叶紫珠启程后，彩蝶是藁本无意的伴侣
毫无象征意义的，还有深谷的竹叶
当坡地展开韭菜的草原，款冬长着细碎的花
和罗汉果飘浮的山峦，自成一派中药园的画韵
这东方的、水墨的、染着艾叶的年关

中药物语（二十）

中药的禅悟

凌霄花，时光的素笺上
留下代赭石过往的足迹
幕天回，如一缕轻粉
缕缕檀香袅袅，败酱下来
依稀远去，没药挽留
沉香了一地升麻，一池残荷梗
衰败的枯荷叶，一地麻黄
不在冬天生长的冬瓜
却留给了人间的冬瓜皮
冬瓜子，不见冬葵子

人生如千里光，车前草结着车前子
往事如烟，羌活感叹独活
浮小麦感叹半边莲
大家都是穿心莲，撒出的黑豆萃、黑芝麻
如同海金沙
卷入半夏曲，麝香般挥发
豆蔻的过往连同豆蔻壳随时光流逝
消失在故乡槐树的槐花香里
化一抹绞股蓝的色彩点缀记忆

时而翻动薄荷回忆的相册
依稀如矮蒲苇的白花，白蔹与白茅根

可有些杜仲的过往，没能与
丝瓜络勾搭上，也少了骨碎补
隐去合欢花的天边
与合欢皮决绝
使珍珠母的人生字典变得
薄之又薄，也很胡黄连
哦，芜荑的忘却有时是
一剂良药
医治禹余粮身心的血竭
使矮地黄如玄参般生活
变得莲子心一样的安然宁静
土鳖虫、蜈蚣的喧嚣，鸦胆子、巴豆霜的寒毒
尘世间，迫切要有一份琥珀的安宁
是天赐广藿香之良机，贯众
佛手愿做佛前一朵莲
梵唱心经淡然绽放

益毒之辨

金荞麦告诉朱砂
走出来吧，如蝉高鸣一季
这世上不是硬冷与阴暗，更多地有明媚的阳光
槟榔也是有正反两面
包括人们谈之色变的砒霜
造物主说，万事万物不是虚无

皆有一面正一面奇
人性一样，药性一样
仁慈的善良，邪恶的阴险
药性益与毒
都包裹一起
连同有滋补的黄精、何首乌
也是需要剔除其毒性
不妨九蒸九晒
因为药性补益与毒害总是悄无声息
混入它们身体中

善良，如同野外可口的甘泉
甜美如蜂蜜
如同人间温暖的笑脸，温馨如桂花的花香
附子从反复炮炙的忏悟中才提炼出良知
在康健的天空上优雅盘旋
砒霜细微的剂量
如同人们细微的言行处萌芽
方可在康健的道路上走远
代表着世人美好的期盼
代表着人们探索掌握知识的睿智
就像迷迭香散在清风里
吹拂在祥和的春天
就像大雁飞翔在碧绿的草原

邪恶就像乌云笼罩的黑暗
就像幽灵播下的污染
在广阔的大地上处处侵犯

就像妖邪降临在罪恶的夜晚
就像魔鬼搅乱着安宁的人间

人间善恶的中间
隔着一条道德的界限
药性益毒
隔着浓度的多寡界限
也存在知识掌握多寡的界限
任何药物，包括藜芦、狼毒、芫花、朱砂、水银
我们需要去为之做出改变
无知也可以把不对症的良药用成毒药
甚至只是剂量没掌握好
毒药若对症，便成救死扶伤的良药
融化成阳光，为健康所用
滥用也可以把人参之补益慢慢地蜕变成假象

良药使女人变得美丽，好药使男人显得俊朗
中药之善是美丽的源泉，是灯塔，是希望
是人们心中的慈祥
药物之毒副作用一旦失控，便成
邪恶，阴暗
使人生变得沮丧，使生命变得悲伤
邪恶是丑陋的土壤，是破坏，是绝望
是所有哭泣的荒凉

生与死

在这个世界上

一切皆有劫数
生死相依相随
人类如此
中草药如此
动物本草如此
矿物药看起来寿命很长
其实也在悄悄的消散中

对于生死，人患得患失
人们的未来永远是一团雾
总想踮起脚努力去弄清楚自己的大限
自欺欺人地企望来世
戚戚，凄凉，后悔，激情
经常错位，纠缠

中药材却能视死如归，理智
组成这个世界的不是生
而是死，没有轮回
当仁不让，活时
应如夏花之绚烂
全力以赴，不敢怠慢岁月风雨，死时
当如秋叶之静美
也不诅咒，也不悔恨
叶生叶落皆是景
花开花落又一秋
若为人类健康故
涅槃重生，再启
另一段壮美的生命之旅

活在中药草本的血脉里

后记

中药的起源发展和我国的历史文化一样久远，中药疗病也疗心。

1

仅仅知道中药疗病是不够的，仅仅知道藏在古诗词中的中药名是不够的。

我们与中药的距离，要远远大于我们与春天的距离。春雷一响，闪电一耀，人们与春天的距离，便只隔着一朵花、一条丰沛的河、一场雨，掐指就能算出与春天的距离。而与中药的距离却隔着365个苦难，甚至多年的泥泞，比如七叶一枝花需要10余年岁月的慢煮细熬，方可瓜熟蒂落。

也许，人在世间注定要经历一场又一场邂逅。邂逅林中的雨，邂逅山边的风，邂逅芳龄一朵荷，邂逅凌空一只燕，邂逅数不清的无法预测和心怀憧憬；那么，我与那些中草药何尝不是一场又一场的邂逅？

2

说起来我与中药相识也有50多年，这50多年差不多就是我的一生。不短的50多年，我认识它们：菊花、车前草、夏枯草、夏天无。我还认识它们：蝉、蚂蚱、蚂蚁、蟋蟀。柿叶落光，柿子如灯笼般映红秋霞，我知道柿蒂是可以做药的；蟋蟀躲进了危墙里，把霜叫进了月光，我知道蟋蟀是可以做药引的，但不需要原配。

作为个人的心灵上的中药是隐秘的，那些笨拙的中药诗，于我而言无不是那样亲切、可恋，无可非议地自然、自信，儿子是自己的好。我已经不是从前的我。中药不能覆盖我，但一直在撞击我，牵挂我。

同时，我写中药诗是出于对中药世界、对人世、对天地万物的膜拜。

当然，社会，世间，不缺落叶、飞花，也不缺那声清鸣、那声叹息，我觉得并无去饶舌的必要。

这只是我与草本的呢喃，如同诗人与神灵对话。写诗付出生命不是一句空话。

一直认为，写诗是不断自我感动而觉悟的过程，大彻大悟了，写不写就无关紧要。一根人参就能够打开关于长白山所有的想象，它的沉默和高傲，忧伤和孤独，都是大地富饶的部分。

我始终相信，一个地域的富饶与当地中药材品质有莫大的关系，与当地人们的热爱有莫大关系。大地广袤，今天比昨天广袤，风、水、天空、云朵都可以触摸的，这些都可以从人们的笑声中走出来。

而那群中药并不缺少阳光关照、风雨滋润与抚摸。它们深入万物内部，山脊、河流、连绵不断的原野，还有深陷在巨大的寂静里。

它们量过天高，量过地宽，量过水深。但我文字简陋，反而掩盖了中药之美，不是它们的“正面”，就是它们的“背影”。

或许文字究其根本是幻觉，眼睛所见无非亦是虚幻，但我仍孜孜不倦地企图在语言中体验真相并揭示真相，有那么几分陶醉。

诗歌正与人们渐行渐远，但我认为还是可以作为人类的理想之一，好比孩童的天真梦幻，诗永远不会消失。更何况用诗去述说中药之美。

3

中药，我赞美，用尽一生。但那些美丽的草本，它们仿佛盲哑的儿童，它们或许不知道我的用心，我曾试图用现代一些种植栽培技术，为它们去挡风，为它们留出一条狭窄的晴朗通道。地道的中药材多半野生，自生自灭，甚至误入歧途。其实，误入歧途的是人们，一错再错。人们对诗词并不热衷，平素不看诗，更不理解现代诗何以如此怪诞。或者，他们根本就对文字不感兴趣。很多人缺乏中药专业知识。若不拘囿于文化意义上的交流，而是在平等的基础上，对“做人”这个命题开掘得到启发和认识，那就把药性视为人生，把药理视为事理，那么人即本草，本草即人。这也就是“为什么写”高于“写什么”，“写什么”高于“怎么写”。

什么是中药的真相？我再次陷入了甜蜜的思索。

我写我的一时思索，也写半夜里的哽咽。

书写时，我交出耳朵、眼睛和良心，去观察，去理解我所处的草木世界以及肉眼之外的可能。试想，身边有多少我从未知晓的真实存在？又有多少我言之凿凿其实差之千里的所谓真相？

我下笔犹豫，时常戛然中断或突然反转。并非不想说，而是我认为自己不该持有太多正当理由。

中药历史久远，文字发明之前千万年、上亿年，这些中药本草就存在了。天文学告诉我，人类历史在浩瀚宇宙中渺小得可以忽略不计，诗说中药在天体中的意义是虚无。

难怪，人类一思索，上帝就发笑。你的殚精竭虑必定灰飞烟灭。

睡眠是人的神异功能，而做梦是神异中的神异。我却迷恋那貌似真实的梦幻，以文字复制。

4

几十年来，就我波澜不兴的人生来说，吃了足够的苦，年岁渐长，更适应了寂寞，有了更深的夜晚、更长的暗道。经历了一些比较复杂的人事，大大丰富了我的理性。诗、我、中药，三者互不掩饰，不担心谁来剥夺自由和尊严，这或许是年老赋闲的宿命——简单纯粹。

若有美梦，我把它分成三份，一份给中药，一份给诗，一份给流水。如同热爱家乡一样，就给中药以四季轮回，风调雨顺；如果诗是春天，就给诗以热爱。梦中，有森林、原野，长出鸟巢、云朵，愿小草放心生长，蚯蚓在泥土里安宁，梦中的自己如一溪流水抚摸远方。

到了小结一番的时刻，于是，就有了这本诗集。

缺乏感情，写作便成了轻浮、玩弄文字的游戏。深刻的主题思想，需要强大的感情力量驱使。而上了年纪之后，感情如同荷尔蒙日渐稀少，说得越来越简单朴素，但愿能把中药说成白开水，把复杂的事，以及由此产生的感受，讲得明白简单朴素一些。

单纯即是美。如同微笑。

本草世界那么美妙，让人感动。